バチカン奇跡調査官

秘密の花園

藤木 稟

角川ホラー文庫
23339

目次

バチカン奇跡調査官シリーズ

主要登場人物

VATICAN MIRACLE EXAMINER

平賀・ヨゼフ・庚

バチカンの奇跡調査官。天才科学者にして、真理究明の申し子。
生活能力は皆無で、かなりの天然。

ロベルト・ニコラス

バチカンの奇跡調査官。古文書と暗号解読のエキスパート。
平賀とは強い信頼関係で結ばれている。

ローレン・ディルーカ

バチカン情報局内で平賀の調査をサポートしていた人物。
実は最重要犯罪者で、現在脱獄し行方不明。

アメデオ・アッカルディ

イタリアの国家治安警察隊《カラビニエリ》大佐。
ローレンの助言によって数々の難事件を解決し、スピード出世を果たす。

フィオナ・マデルナ

ローマ警察に在籍する心理学者。並外れた洞察力を持つプロファイラー。
ローレンを崇拝し、アメデオと組んで多くの事件を解決に導く。

ジュリア

美貌の青年司祭。聖者のように献身的。
その正体は、秘密結社・ガルドウネの一員。

V A T I C A N
M I R A C L E
E X A M I N E R

生霊殺人事件

1

爽《さわ》やかに晴れ渡った秋空の下。

カラビニエリ（国家治安警察隊）のアメデオ・アッカルディ大佐とその家族は、イスキア島でのバカンスを楽しんでいた。

夏には大混雑するビーチも、今はほど良い賑《にぎ》やかさで、大人達はサンオイルを塗って砂浜で日焼けを楽しみ、子ども達は海辺ではしゃいでいる。

アメデオ達は貸切りクルーザーで眩《まばゆ》い海を満喫した後、ホテルのテルメ（天然温泉）で心身共にリフレッシュした。

夕食は海に沈む黄金色の夕陽を眺めながら、近海の新鮮な魚介のフリットや、ポルチーニ茸《たけ》のパスタ、名物のウサギ肉や栗のデザートに舌鼓を打つ。

普段は怒りっぽい妻も、最近めっきり口を利いてくれなくなった娘も、珍しく笑顔を見せていた。

「ねえ、貴方《あなた》。貴方の定年後は、こんな島でのんびり暮らすのもいいかもね」

妻のアンナがワインを傾けながら、うっとりと呟《つぶや》いた。

内心、定年離婚に怯《おび》えていたアメデオの頬が緩む。

「ああ、そうだな」

アメデオは鷹揚《おうよう》に頷《うなず》き、言葉を継いだ。

「俺はこれまで余り家族サービスをしてこなかった。だが、これからはもっとこんな時間を持ちたいと思ったよ」

「ま、たまにはいいんじゃない」

軽い調子で言った娘のアイーダに、息子のアデルモが反発する。

「おい、そんな言い方、父さんに失礼だぞ。父さんはずっと仕事を頑張ってきたんだ。家族なら分かってあげないと。

ねえ、父さん。僕は父さんみたいに立派なカラビニエリの軍人になりたいんだ。なれるかな？」

アデルモは真っ直ぐな瞳《ひとみ》でアメデオを見た。

「無理じゃね？」

小声で言ったアイーダの台詞《せりふ》を、アメデオは咳払《せきばら》いで遮った。

アデルモは何をやらせても平均以下の不出来な息子で、いつも妻を嘆かせているが、素直で愛らしい性格をしている。

アメデオはそんな愛息を温かく見詰め返した。

「アデルモ。お前のように実直で正義感のある男は、きっと立派なカラビニエリになれる。だから今は学校で、スポーツや勉強をしっかり頑張るんだぞ」

「はいっ、父さん」

アデルモは頰を染め、嬉《うれ》しそうに答えた。

こうしてアメデオの幸せなバカンスは過ぎていった。


のんびり気分も抜けきらない月曜日。

アメデオは黒地に赤い側章のついたカラビニエリの制服を身につけ、出勤した。

いつものオフィスに入り、クルーザー上で撮った家族写真を、新たにデスクの上に飾る。

そうしてほのぼのとした気持ちで、海の潮騒《しおさい》や、美しい夕陽に思いを馳《は》せていた時だ。

けたたましい足音と、激しいノック音が、扉の向こうから聞こえてきた。

「た、た、大佐、大変です！」

悲壮な部下の声に、嫌な予感が全身を駆け巡る。

アメデオは心の動揺を押し隠し、決め顔を作った。

「どうした、入れ」

「はっ、失礼します」

部下は硬い表情で敬礼し、報告を始めた。

「非常に不可解な事件が起こりました。至急、大佐に現場へ出向いて頂きたいと、参謀本部長どのからの御伝言です」

（くそっ、又か……）

アメデオは心の中で舌打ちをしつつ、腕組みをした。

「それで一体、どういう事件なんだ？」

「はっ、オリンド・ダッラ・キエーザ大臣が、何者かによって殺害されたそうです」

「何だって？」

アメデオは思わず問い返した。

キエーザ大臣といえば、今、汚職事件で世間を騒がせている、現役の保健大臣だ。

ニュースは連日、製薬会社と大臣の裏取引について騒ぎ立て、それに怒った市民が抗議デモを起こすことも度々だ。

ただ、政権与党の大物政治家なだけに、汚職事件はうやむやにされて終わるだろうというのが大方の見方である。

実際、キエーザ大臣は数週間前から自宅に引き籠《こ》もり、「体調不良の為、検察の尋問には応じられない」と主張していた。

そんな彼が殺害されたということは、国政に不満を持つテロリストによる犯行の可能性がある。

すなわちカラビニエリの出番ということだ。

「現場は自宅か？」

「いえ、郊外の空き家です」

「ほう……？」

自宅で大人しくしていると見せかけて、郊外でバカンスを楽しんでいたのだろうか。それにしては、空き家というのが不可解だ。

「詳しい話は、現場にいるガリエ中尉とパッサリーニ少尉からお聞き下さい」

「ふむ。あの二人なら切れ者だ。俺まで必要かね？」

「勿論《もちろん》であります。そのお二人が、自分達ではどうにも出来ない事件だと上に報告したので、大佐の出番なのです。

大佐、期待しております。大佐なら、どのような難事件でも解決なさるでしょう」

部下のキラキラした視線を受け、アメデオは重い腰をデスクチェアから上げた。

「分かった、出発だ」

＊　＊　＊

ローマから車で南へ走ること約百二十キロ。

アメデオはラツィオ州ラティーナ県スペルロンガを目指した。

スペルロンガは人口三千人余りの小さな町だが、クリスタルブルーの美しい海と、全長十五キロ余りに及ぶビーチ、さらに「イタリアで最も美しい村」に選ばれた旧市街や、古代ローマ帝国皇帝ティベリウスの別荘跡の洞窟《どうくつ》遺跡で人気の観光地である。

やはりキエーザ大臣は、密《ひそ》かにバカンスを楽しんでいたのだろうか。

そんなことを考えている間にも、ラジオからは大臣急死のニュースが流れてくる。

スタジオのざわめきや、パニックめいた雰囲気も伝わってきた。

コメンテーター達が、テロ行為の可能性や陰謀論などを口々に話し出す。

するとまるで不穏なニュースに呼応するかのように、空にはにわかに暗雲が垂れ込め、大粒の雨が降り出した。

到着したスペルロンガも陰鬱《いんうつ》な雨雲に覆われ、折角の海もグレーに霞《かす》んで見える。

アメデオは車を降り、傘をさした。

石灰岩の上に聳《そび》え立つ旧市街を目指し、坂道を上っていく。

悪天候のせいか、人とすれ違うことは滅多になかった。

さらに長い階段を上ると、白い漆喰《しっくい》の壁の家々が建ち並ぶ通りが現れる。

アメデオは地図を確認しながら、その先の路地へと足を進めた。

路地は狭く長く、坂や階段が複雑に組み合わさっていた。

不意にトンネルがあったり、そのトンネルの途中に誰かの家の扉があったりもする。ここだと思って上った階段の先が別の家の玄関だったり、角を曲がると小さな教会に突き当たったりもした。

シロアリの塚に迷い込んだ気分になりながら、アメデオはどうにか目指す場所に出た。

玄関口に雨合羽《あまガッパ》姿の警察官が二人、立っている。ここが現場の空き家だろう。

「カラビニエリのアメデオ大佐だ」

アメデオは身分証を翳《かざ》し、蜘蛛《くも》の巣が張った小さな玄関を入っていった。

薄暗い室内では、州警察と思われる鑑識がフラッシュを焚《た》きながら、現場写真を撮っている。

そのフラッシュのせいで、目がチカチカと眩《くら》む。

錆《さび》臭い、血の独特の匂いが漂っていた。

顔を顰《しか》め、目を凝らして辺りを見回すと、懐中電灯を持ち、刑事達と話し込んでいるガリエ中尉と、パッサリーニ少尉の姿が見えた。

「おう、ガリエ中尉」

アメデオが名を呼ぶと、ガリエ中尉とパッサリーニ少尉はアメデオを振り返り、姿勢を正して敬礼をした。

「大佐、ご足労であります！」

「事情も分からず来たもので、詳しく説明してもらいたい。どんな様子だ？」

「はっ、大佐。まずはこちらをご覧下さい」

ガリエ中尉は懐中電灯で、部屋の奥を照らした。

ガランとした部屋の突き当たり。椅子に座った人の姿が浮かび上がる。

その人物は、オリンド・ダッラ・キエーザ大臣その人であった。

だが何故か、運転手のような格好をしている。黒のジャケットに黒いネクタイ、白いワイシャツ、スラックス。制帽を被《かぶ》り、白手袋をつけている。

胸と腹の部分には、鋭利な刃物で切られた痕《あと》があった。

服が裂け、長い傷口から大量の出血が認められる。

周囲の床にも血が飛び散っている。

相当の苦痛を被害者は味わっただろう。

何より異常なことに、被害者の両手は椅子の肘掛《ひじか》けに、両足は床に、太く大きな釘《くぎ》で打ち付けられていたのである。

制帽の鍔《つば》から覗《のぞ》く額の中央にも釘が刺さっていた。惨殺体だ。

それだけではない。

心臓の辺りに刺さった釘には、一枚の紙が留め付けられている。

アメデオは部下の懐中電灯を取り、遺体に近付いてその紙を見た。

そこには『民衆の敵・腐った豚』と書かれていた。

「これは……釘男《くぎおとこ》(Uomo chiodo)の仕業か……?」

アメデオは呻吟《しんぎん》した。

釘男とは、約五年前にイタリアで出没しだした残虐犯である。

彼の標的は社会的な背信行為をした人物に限られ、皆、釘を打つ大工道具で殺されていた。

その数は、七件にものぼる。

釘男は賢く、事件現場に指紋や毛髪、体組織などの痕跡《こんせき》を一切残さなかった。姿を目撃されたこともない。

その為、長い間、警察やカラビニエリの追跡を逃れていた、謎の殺人鬼であった。

ところが、彼は昨年、ひょんなことから逮捕された。

犯行直後に偶然、車の衝突事故に巻き込まれ、その時に駆けつけた警察官が、助手席に釘打ち機だけを載せていたことに不審を抱き、男を尋問、捜査したのだ。

結果、男の部屋にあった戦利品ともいえる犯行時の写真が証拠となって、犯行が証明され、彼は刑務所に送られた。

その名を、イレネオ・ロンキという。

三十歳の介護士で、動機は歪《ゆが》んだ正義感が暴走したものだと見られた。

そう。釘男は今、塀の中なのだ。

「ってことは、釘男の模倣犯……コピーキャットの仕業か……」

アメデオの呟《つぶや》きを聞いたガリエ中尉は、複雑な表情をした。

「はい。我々もそう考えました。ですが、そんな簡単な事件ではなさそうなのです」

「どういう意味だ？」

アメデオが顔を顰《しか》める。

「実は獄中のイレネオ・ロンキが今朝、オリンド・ダッラ・キエーザを殺害したと、看守に自供したというのです。しかも犯行現場を写した写真まで見せて……」

「何だと!?　一体、どういうことなんだ！」

するとガリエ中尉は、力なく首を横に振った。

「分かりません。到底、理解できない話です。ですが、捜査関係者しか知り得ないこの犯行のやり口を、イレネオ・ロンキは正確に話し、しかも証拠写真まで持っていたのです。そして、この事件の犯人は自分に間違いないと」

「じゃあ、奴が隙を見て脱獄したとか、獄中と外を出入りしていた可能性は？」

アメデオが鋭く訊《たず》ねる。

「いいえ」

ガリエ中尉が硬い表情で答えた時、パッサリーニ少尉が横から会話に加わった。

「実はその……イレネオ・ロンキの告白によれば、彼は自分の魂を身体から離れさせ、霊体となって犯行を成し遂げたそうなんです」

「は？」

アメデオが目を瞬く。

「ですからその、彼は生霊《いきりょう》となって脱獄し、殺人を犯したと主張しているんです」

「そんな戯《ざ》れ言《ごと》を信じる馬鹿がいるか！」

アメデオは拳《こぶし》を震わせた。

「ですが大佐、看守によれば、脱獄の可能性は考えられないし、調べた限りその形跡もないとのことです」

パッサリーニ少尉は申し訳なさそうに、首を縮めた。

「ううむ……」

アメデオは血が上った頭を掻《か》きむしった。

生霊が殺人事件を起こすなど、常識では無論、考えられない。

しかし、何故、獄中のロンキがわざわざ自分の罪が重くなるような自供をしたのか。

そして何故、現場写真を手に入れることが出来たのか。

ロンキの同志か協力者でもいたのだろうか。

アメデオが考え込んでいると、目つきの鋭いスーツ姿の男が近付いてきた。

「お話し中、失礼致します。アメデオ大佐、お初にお目にかかります。私は州警察のベルトランド・バルバート刑事です。大佐のご高名はよく存じ上げております」

バルバートはアメデオに握手を求めた。

「あ、ああ、宜《よろ》しくな」

アメデオがその手を握り返す。

「実はこの数年間、今回と類似した不可解な事態に、州警察は頭を抱えております。異常犯罪者が逮捕され投獄された後、塀の外で同様の事件が起こり、監獄にいる受刑者が自分の仕業だと自供するというケースが、もう何件も起こっているのです。そして実に不気味なことに、我々警察が調査した鑑識結果や事件の経緯、犯行の一部始終を、受刑者達は我々に先んじて、克明に語っているのです」

バルバートは青ざめた顔でアメデオを見た。

「何だって……」

アメデオの頭は爆発しそうであった。

「本当なのです。全ての事件に関連があるのかどうか……。是非、我々警察の持つ資料もご覧になって下さい。直ぐに整理して、カラビニエリに届けさせて頂きますので。

今回のような不可能犯罪を解決できるのは、これまで数々の難事件を解決してこられたアメデオ大佐を措《お》いて、他にはいらっしゃいません」

真摯《しんし》に言ったバルバートに、ガリエ中尉とパッサリーニ少尉が深く頷《うなず》く。

「ええ。我々もそう思います」

「バルバート刑事、ご協力に感謝します」

そして期待に満ちた六つの眼がアメデオに向けられた。

アメデオは長い溜息《ためいき》を吐いた。

最早《もはや》逃げ場はない。この訳の分からない、忌々《いまいま》しい事件を解決するしかない。

ただ一つの問題は、これまで数々の難事件を解決してきたのが自分自身ではなく、事件の真相をメール等で自分に送りつけてくるローレン・ディルーカというハッカーだということだ。そのお陰でアメデオはスピード出世を果たし、今の地位にいる。

ローレンは皮肉屋で悪魔のように冷たいが、アメデオの救世主であった。

(早速、奴に連絡を……)

そう思った瞬間、アメデオの脳裏に息子の顔が過《よ》ぎった。

『僕は父さんみたいに立派なカラビニエリの軍人になりたいんだ』

アメデオはぐっと拳を握りしめた。

（くそう……いつもいつも奴に泣きついていたら、又、馬鹿にされてしまう。俺にだってちゃんと出来るってことを、今こそ証明してやる！　可愛い子ども達の為にも、少しは出来る親父になりたいんだ）

アメデオはいつになく強い決意を固めた。

「よし、分かった。警察の資料を頂こう。キエーザ大臣の周辺から取れた聴取資料も揃えて欲しい。それから早急に、イレネオ・ロンキを尋問する用意をしてくれ！」

2

キエーザ大臣の遺体が司法解剖を受ける為、検視局へ運ばれていく。

それを横目で見送っていたアメデオに、ガリエ中尉が話しかけてきた。

「大佐。これまでに判明したことをご報告します。まず、キエーザ大臣宅には脅迫状が届いていました」

「脅迫状だと？」

ガリエ中尉は頷き、スマホの画像をアメデオに示した。

新聞や雑誌の文字を切り貼りして作られた、不気味な紙面である。

アメデオは画面をスクロールしながら、じっくりそれを読んだ。

『親愛なるO・C殿へ
貴方《あなた》の汚職の決定的な証拠となるものを私は所持している。
これを公開されたくなければ、下記の住所に明日、午前三時に単独で来い。
三万ユーロと証拠を交換しようではないか。
単独で来る約束を破ったり、警察に通報したりすれば、
私は直ちに汚職の証拠をマスコミ、インターネット等に拡散する。
逮捕の憂き目を見るのはそちらになるだろう』

続いて書かれた住所はここ、スペルロンガの現場だ。

「大臣はこれで現場に呼び出されたという訳か。で、差出人は?」

「はい。封筒にM・Dとだけ書かれていました」

ガリエ中尉は封筒の画像を示した。

「M・Dとは何者だ?」

「キエーザ夫人によれば、公設秘書のマリーノ・ダニエリではないかと」

「両者の間に、何かトラブルがあったのか?」

「夫人は詳しく知らないそうです。が、マリーノ・ダニエリの名でSNSを検索しますと、自らオリンド・ダッラ・キエーザ大臣の秘書だとプロフィールに書き、困ったことがあれば自分に相談してくれと呼びかけていました」

「ふむ。虎の威を借る狐タイプか」

「はい、余程、自分の肩書を誇示したかったのでしょう」

「マリーノ・ダニエリのアリバイは？」

「昨夜は愛人とホテルに宿泊していました。裏も取れています」

ふむ、とアメデオは腕組みをした。

「つまり脅迫状の送り主は別にいて、そいつが真犯人だな。その脅迫状から、指紋やDNA等の手掛かりは？」

「今のところ出ていません。詳細は調査中です」

アメデオはじっと画像を眺め、封筒に切手と消印がついているのに気が付いた。

「一応、郵便局から出されているな。この郵便局の周辺も犯人特定の為の参考にするべきだろう」

「はい。直ちに手配します」

続いてパッサリーニ少尉がメモを読み上げる。

「それから、被害者の所有する車が近くで発見されています。カーナビの履歴から、昨夜、その車が大臣宅からこの現場へ真っ直ぐ向かっているのが確認されました」

パッサリーニ少尉は車の写真をアメデオに見せた。

「つまりその車に、大臣が乗ってきた訳だな」

「そのように考えられます」

「他には？」

アメデオの問いに、二人の部下は首を横に振った。

「なら、ひとまず聞き込みだ。この付近で不審者や不審車両を見かけた者はいないか、徹底的に調べるんだ」

アメデオ達と警察は手分けをして、夜まで聞き込みを続けたが、犯人らしき者の目撃者は見つからなかった。


翌日。アメデオの許《もと》に検視局から連絡が入った。

解剖の結果が出たようだ。

アメデオはガリエ中尉とパッサリーニ少尉を連れ、検視局へ向かった。

地下にある霊安室には、いつも複数の死体が運び込まれていて、ぞっとするほど冷え冷えとしている。

アメデオはぶるっと身体を震わせて、大臣の遺体が横たわった解剖台の横で彼を待ち構える、死神のように蒼白《あおじろ》い顔をした白衣の人物に近付いた。

「お待ちしていました、大佐。私は博士のロマニョーリです」

「宜《よろ》しく、博士。それで、どんなことが分かりました？」

「殺され方が、大体のところ浮かび上がってきましたよ」

そう言うと、ロマニョーリ博士は大臣の死体の首の部分をピンセットで指した。

アメデオがそこを覗《のぞ》き込むと、小さな二ヵ所の火脹《ひぶく》れのような痕《あと》があった。

ガリエ中尉とパッサリーニ少尉もアメデオの後ろから覗き込んでいる。

「これはテーザー銃の痕ですね。大臣は殺害現場に行き、まずテーザー銃で気絶させられたのでしょう。それから椅子に座らされた。

気絶した大臣の身体を椅子に座らせる力があるということは、犯人は大方男性に違いありません。まあ、女性数人がかりということもあり得なくはないですがね」

冗談を言っているつもりなのか、ロマニョーリ博士はアメデオを見て、薄く笑った。

「それで？」

「ええ、それで次はここを見て下さい。口の両端に、強く擦《こす》れた痕があるでしょう。

そして上半身についた傷。これは紐《ひも》で縛られた後、激しく身体を揺すったせいで生じたものと判断できます。

つまり犯人は、気絶した大臣に猿轡《さるぐつわ》をかませ、身体を紐のようなもので椅子に縛り付けたのです。それから椅子の肘掛《ひじか》けに置いた両手の甲、そして両足の甲に、工具で太い釘《くぎ》を打ち込んだ。大臣は釘を打たれた激痛に目を覚まし、叫ぼうとしても声が出なかった。そして、かなり藻掻《もが》いたでしょうね」

アメデオはその場面を想像し、顔を顰《しか》めた。

「死因は？」

「胸部と腹部をナイフで切られたことによる失血死です。ただ、興味深いことに、犯人は非常に慎重に胸部と腹部を切り裂いています」

「慎重とは？」

「ええ、必要以上に傷が深くならないよう慎重に、うっかり内臓に損傷を与えて早く死ぬことがないようにしているのです」

「どういう意味だ？」

「じわじわと出血させて死ぬまでの時間、大臣が恐怖を味わうようにしたかったのでしょう。とはいえ、ものの十分程で絶命したとは思いますが。

そして額の傷から言えることは、額の釘は大臣の死後に打ち込まれたということです。それは出血の少なさから分かります。心臓付近に刺さった釘も死後のものです」

「何とも猟奇的な奴だな……。それ程、大臣が死の恐怖に怯《おび》えるところが見たかったということは、怨恨《えんこん》の線も考えてみないとならんな」

「そうかも知れませんねえ」

ロマニョーリ博士は、淡々と頷《うなず》いた。

「凶器のナイフや大臣を縛った紐の特定は？」

「ナイフは刃渡り二十センチほどの鋭利な細いもの。紐は細い繊維を編んだような紐ですね。恐らくビニールの紐でしょう」

アメデオは州警察に連絡を取り、凶器や紐が未発見であることを確認すると、より広範囲でそれらを捜索するよう命じた。

「さて。それでは俺達はイレネオ・ロンキを取り調べるとしよう。準備が整ったと連絡があったのでな」

アメデオは意気揚々と宣言した。

＊　＊　＊

刑務所の取調室に連れられてきたイレネオ・ロンキは、三十歳。

体格が良く、容姿の整った男である。

茶色い髪に茶色い瞳《ひとみ》。だが、その瞳は、ぬるぬるとして何処を見ているのか分からない。

瞬《まばた》きも異様に少なく、人間らしい輝きがない。

アメデオは思った。

(こいつは、爬虫類《はちゆうるい》の目だ……。サイコパスの目だ……)

静かにロンキが着席する。

アメデオはデスクに身を乗り出し、彼を睨《にら》み付けて威圧した。

「お前がイレネオ・ロンキか……。お前、オリンド・ダッラ・キエーザ大臣を殺したとか言っているそうだが?」

「いえ、言っているだけじゃありません。実際に殺しましたよ。看守に渡した写真を見たでしょう?」

そう言ったロンキの口元は笑っていた。

「どうやって殺したっていうんだ? お前はムショの中にいただろう」

「どうやって? それは、強い思いを持ったからとしか言いようがないですね。オリンド・ダッラ・キエーザ大臣を殺したいっていう強い思いが、僕に特殊な力を与えたんです。

僕はね、表では偉そうにしていて、裏で悪事を働いている人間が大嫌いなんですよ。

そういう奴らを一人でも多くこの世から消し去ることが、僕の使命です。だから、神が僕に特別な力を与えたんでしょうね」

「神が与えた力ってのは、何なんだ？」

「魂だけ外に出て、生霊となって、人を裁く力ですよ」

「ふざけるな！」

「ふざけてなんていません。実際、僕にはその力がある。僕は刑務所にいながら、ゴミのような輩《やから》を始末することができるようになったんです」

「なら言ってみろ。お前はどういう風にして、大臣を殺した？」

するとロンキは得意そうな表情で、デスクの上で指を組んだ。

「そうですね。僕はまず、大臣へ脅迫状を送りました。内容はこうです。

『親愛なるO・C殿へ
貴方《あなた》の汚職の決定的な証拠となるものを私は所持している。

これを公開されたくなければ、下記の住所に明日、午前三時に単独で来い。

三万ユーロと証拠を交換しようではないか。

単独で来る約束を破ったり、警察に通報したりすれば、
私は直ちに汚職の証拠をマスコミ、インターネット等に拡散する。

逮捕の憂き目を見るのはそちらになるだろう』

差出人は、M・Dという頭文字にしましたかねえ……」

「なっ……」

アメデオの背中に、どっと冷や汗が流れた。

脅迫状のことなど、警察関係者とキエーザ夫人ぐらいしか知らない筈《はず》だ。メディアにも発表していない。ロンキが知り得る訳がない。

それなのに、何故、脅迫文を一言一句間違いなく言うことが出来るのだろうか。

アメデオは動揺を押し殺し、椅子にふんぞり返って足を組んだ。

「成る程。お前は脅迫状を出し、大臣をおびき寄せたという訳だな。だが何故、偽名を使ったんだ？」

「僕の名前じゃ呼び出しに応じてくれないでしょう？　だから、マリーノ・ダニエリの名を使おうと閃《ひらめ》いたんです。天啓です」

ロンキは淡々と答えた。

アメデオは苛々《いらいら》と腕組みをした。

「大臣を殺す動機は何だったんだ？」

「歴然としているでしょう。彼がやったことは何です？　保健大臣にも拘《かか》わらず、製薬会社と裏取引をして、認可してはいけない治療薬を世に出した。その為に、後遺症を抱えた方や亡くなった方は、五千二百人近くいるんですよ。それだけの人間を苦しめたんです。殺されて当然の大悪党だ」

ロンキは饒舌《じょうぜつ》に語った。

「動機は分かった。では脅迫状を出してから、お前はどうしたんだ？」

「空き家に隠れて、大臣を待ちました。大臣は時間通りやって来ましたね。暗闇で息を潜めていた僕は、玄関が開くのを見て、大臣にテーザー銃を食らわしてやりました。大臣は見事に気絶して、床に倒れましたよ。

あと、大臣は運転手のような格好をして、変装していましたっけ」

そう言うと、ロンキは可笑《おか》しくて仕方がないという風に笑い始めた。

「話を中断するな！」

「ああ、済みません。その時のことを考えたら愉快になってしまって……。ともかく僕は、倒れた大臣を椅子に座らせました。そこで釘打ち機の登場です。

でもその前に大臣に猿轡《さるぐつわ》をかませて、紐《ひも》で椅子に縛り付けてやりました。そして、両足と両手に釘を打ち込んだんです。大臣はその衝撃に目を覚まして多少暴れましたが、僕はそこで特別に、今回思いついた手段を選んだんです」

「思いついた手段とは？」

「今までは、釘をすぐに額に打ち込んで、即死させていましたが、極悪人にそんな楽な死に方をさせてはいけないということに気付いたんですよ。

ですからね、じっくり死の恐怖を味わいながら死んで頂きたくて、腹と胸を浅く傷つけて、じわじわ失血死させることにしたんですよ。それでナイフを使いました。その後は、大臣が死んだところで、額に一発です。

最後に『民衆の敵・腐った豚』と書いたメッセージを胸に打ち込みましたね」

ロンキは満足そうな顔をして目を閉じた。

（どういうことだ……。解剖の結果と同じ状況を喋《しゃべ》っているじゃないか……。何故、知っている？　まさか本当にこいつがやったのか？　こいつの生霊が……）

アメデオは、ぶるぶると首を横に振った。

（いや、そんな訳、ある筈がないだろう！）

アメデオは勢いよくデスクを叩《たた》いた。

「おう、ロンキ。お前がそうまで言うなら、凶器を手に入れた場所と捨てた場所を言ってみろ」

アメデオが睨み付けると、ロンキは目を開いた。

「手に入れた場所は天国ですよ。捨てた場所は地獄です。貴方がたには、探し出すことなんてできません」

「ふざけるな！」

「いえ、本当のことです」

「殺害写真は、どうやって手に入れた？」

「自分で写して、持って帰ったんですよ」

アメデオは、興奮している自分を抑える為に大きく息を吐いた。

そして自分を落ち着かせる為に一旦《いったん》、取調室を出た。

マジックミラー越しに取り調べの様子を見ていたガリエ中尉とパッサリーニ少尉が駆け寄ってくる。

「内部情報が、奴に漏れてるってことはないな？」

アメデオの問いに、ガリエ中尉とパッサリーニ少尉は首を横に振った。

「よし、では奴を嘘発見器にかけてやれ」

「はい」

ガリエ中尉とパッサリーニ少尉は、待機していた検査技師二名と共に取調室へ入っていった。

ロンキの頭部、胸部、上腕部、指先に測定用のパッドが取り付けられ、検査装置に接続されていく。

なお嘘発見器とは通称で、本来はポリグラフ装置と呼ばれる。複数の生理反応を記録することから「ポリ（多くの）グラフ（記録）装置」という。

被疑者に様々な質問をしながら、脳波や心拍、心電図、皮膚電気活動といった生理反応を計測することで、無実の人では絶対に出ない反応を検出したり、犯人しか知り得ない記憶を持っていると判定したりすることができる。その精度は約九十パーセントとかなり高い。

準備が整ったところで、ガリエ中尉が質問を開始した。

「これから私の質問に、全て『いいえ』と答えるんだ。

では、質問だ。お前の名前はイレネオ・ロンキか？」

「いいえ」

「出身はローマか？」

「いいえ」

このように冒頭、嘘をつく必要のないありきたりな質問を行い、ベースラインとなる反応を得た後に、本題の質問事項に入る。

特定の質問に対し、ベースラインと顕著に異なる反応が検出されれば、その返答は疑わしいと判断できるのだ。

「キエーザ大臣を殺害する為に使った凶器は、鈍器か？」

「いいえ」

「使った凶器はナイフか？」

「いいえ」

「斧《おの》か？」

「いいえ」

「電気コードか？」

「いいえ」

「釘《くぎ》か？」

「いいえ」


　ガリエ中尉は使用された凶器と、そうでないものを交ぜながら質問を繰り返した。

　真犯人であれば凶器を知っている為、真の凶器に関する問いに生理反応が集中するが、そうでなければ実際の凶器を知らない為、どの質問に対しても反応はランダムに発生する。

　こうした反応の違いによって、被疑者が犯罪事実について知っているかどうかが鑑別可能となるのだ。

　生理反応の差異は、嘘を吐いたから生じるというより、それが実際の犯行に関連した内容であると本人が認識するから生じると考えられる為、ポリグラフ検査は嘘を発見するというより、本人の記憶の検査といえる。

　先程のアメデオの取り調べによって、ロンキが犯行の状況をかなり詳しく知っていると分かった為、ガリエ中尉はさらに細部にわたって、犯人でなければ知り得ない情報を質問する必要があった。

ガリエ中尉とパッサリーニ少尉は交代しながら、三時間の長きにわたって様々な質問を行った。

マジックミラー越しにそれを見ていたアメデオは、部下の優秀さや緻密《ちみつ》さに舌を巻きつつ、自分なら途中でボロを出すだろうから、部下にやらせて正解だったと安堵《あんど》したのであった。

そうして全ての検査が終わった結果、そこから導き出されたのは、「ロンキは犯人だ」という結論であった。

(一体、どういうことなんだ!)

アメデオは叫び出したい程の混乱を覚えた。

「そんな……まさか……」

「何かの間違いじゃないですよね？」

ガリエ中尉とパッサリーニ少尉が青ざめた顔で、検査技師にあれこれと質問を浴びせ始める。

「すまんが、俺は先に帰る。一人で考えたいことがあるんでな」

アメデオは必死に冷静さを取り繕ってそう言うと、刑務所を去った。

3

アメデオはあてどなく車を走らせながら、次に何をすべきか考えた。

（まず凶器が発見されれば、有力な証拠になるが……）

そこまで考えたところで、ロンキの不気味な笑顔が脳裏に浮かんだ。

『手に入れた場所は天国ですよ。捨てた場所は地獄です。貴方《あなた》がたには、探し出すことなんてできません』

すると本当に凶器など発見できないのでは、という疑念が胸に湧いてくる。

アメデオは舌打ちをした。

（他に何か……何か気になることはなかったか？）

これまでの捜査を懸命に振り返る。

ロンキによれば、キエーザ大臣は自ら変装して殺害現場へやって来たという。

その辺りの事情は、キエーザ夫人なら何か知っているかも知れない。

アメデオは大臣宅を目指してハンドルを切った。

キエーザ大臣宅は、ローマ南西部の高級住宅街に建っていた。

流石に現役大臣のものだけあって、一流ホテルと見まがうような大邸宅だが、その門前にはマスコミが群れをなして騒いでいる。

アメデオは門番に身分を名乗り、執事に案内されて、リビングへ通された。

落ち着いた色調で纏《まと》められた部屋の大きなソファには、喪服姿の夫人が座っている。

年齢は四十代だろうか。女優になれそうなほどの美女である。

ただ、その表情は暗く、目の下にはくっきりと隈《くま》ができていた。

「カラビニエリのアメデオ・アッカルディ大佐です」

アメデオは身分証を翳《かざ》しながら、ソファへ近付いた。

「アルテーア・キエーザです。どうぞおかけになって」

夫人が力なく答える。

「では失礼します」

すぐに二人の目の前に紅茶が運ばれてくる。

「この度のことは非常に残念です。奥様もさぞご心痛でしょう」

「お気遣い有り難うございます」

「早速で申し訳ないのですが、捜査のことで少しお伺いしたいことがありまして」

「ええ、構いませんわ。どうぞ」

　夫人は真っ直ぐにアメデオを見た。

「まずはこの家に届いた脅迫状ですが、M・Dという名で送られたのをご存知ですね？」

「ええ。私も見ましたから」

「貴女《あなた》はそのイニシャルを見て、公設秘書のマリーノ・ダニエリだろうと仰《おつしや》った」

「ええ、まあ」

「ご主人とマリーノ・ダニエリの間に、何かトラブルがあったのでしょうか」

「私、詳しいことは知らないんです」

　夫人は楚々《そそ》とした仕草で一口、紅茶を飲んだ。

「そうですか……。でも、なら何故マリーノ・ダニエリの名を？」

　アメデオはしつこく食い下がった。

「確か……いつか主人が愚痴を言っていたんだと思います」

「成る程。どのような愚痴です？」

「よく覚えていませんわ。つまらない愚痴だったと思います」

「そうですか。貴女はいつ脅迫状を見たんです？」

「翌朝になってから……。主人の机の上に開いてありました」

「では、最後にご主人と会ったのは？」

「夕食の時です」

「その後は会っていないんですね」

「ええ」

「では事件の夜、ご主人が出掛けたのも？」

「知りませんでした」

夫人は不自然な瞬《まばた》きをした。アメデオは何か隠し事があるのではと直感した。

「ご主人は運転手のような格好をしていました。そのことに心当たりは？」

「いいえ」

「本人の意志で変装したのでしょうか？」

「さあ……」

夫人は再び不自然な瞬きをして、アメデオから目を逸《そ》らした。

ここは粘り所かも知れないと、アメデオは思った。

「それにしてもです。大臣ほどの御方なら、普通は運転手に運転を任せるでしょうに、不思議だと思いませんか？」

「さあ……分かりません」

「ところで夫人、煙草を一服させて頂いても？」

「え、ええ」

夫人は立ち上がり、コンソールから灰皿を取ってテーブルに置いた。

アメデオはたっぷり時間をかけて煙草を吸った。

夫人は無言で、嫌そうに眉《まゆ》を顰《ひそ》めている。

「第一、不思議なんですよね……」

アメデオはねっとりと呟《つぶや》いた。

「何がです？」

夫人は少し苛立《いらだ》ったように問い返した。

「大臣ほどの御方なら、脅迫状が届いた時点で、警察に知らせる方が自然だと思うのですが」

「それは警察に知らせるなと、警告されていたからでは？」

夫人は語気を強めた。

「それでもせめて護衛の一人や二人、連れて行く方が自然じゃないですか？　なのに、不用心にも大臣は、お一人で出掛けた。何かひっかかるんですが」

「……」

「マリーノ・ダニエリ……。奴は大臣の秘密を何か知っていたのかな？　ああ、でも夫人は詳しいことはご存知ないんですよね。

そして大臣は恐らく自らの意志で変装をした。でも夫人は夕食以降、ご主人と会っていないので何も分からないんですよねえ……。何とも困りました……。

でも、もっとよく時間をかければ、夫人がうっかり忘れていることなども、少しは思い出して頂けるかも知れませんねえ」

アメデオがねっちりと呟きながら、二本目の煙草に手を伸ばした時だ。

ガシャン、と陶器の音がした。

夫人が怒りの表情でテーブルを叩《たた》いたのだ。

「ああ、もう！　しつこい男ね！　分かったわ。全て正直にお話しするわ！」

アメデオは心の中でガッツポーズをした。

「今から話すことは、主人の名誉にも関わりますから、機密扱いにして下さい。

あの夜、主人は脅迫状を持って、私の部屋へ来たんです。それはもう真っ赤な憤怒《ふんぬ》の表情で、身体が怒りで震えていました。

『マリーノ・ダニエリめ、下っ端秘書のくせにふざけやがって！　だが、三万ユーロなら安いもんだ。一人で片をつけて来る！』

そう言った主人を止めようと思ったんですが、一度言い出したら聞かない人ですし、とても怖い顔で怒っていたので、私は逆らうことができませんでした。

『なに、あいつは根性なしだから、大層なことはできないだろう。せいぜい三万ユーロを強請《ゆす》ってくるのが関の山だ』

主人はそう言って出て行きました」

「成る程……。軽く見ていた相手だから、油断した訳ですね」

「そうなりますわね」

「それで変装して、一人で車を運転した」

すると夫人は長い溜息《ためいき》を吐いた。

「お恥ずかしい話ですが、運転手に変装して若い愛人に会いに行く、なんてことも主人はやっていましたわ。お忍びというやつです。私にはお見通しでしたけどね。さあ、これで私の知っていることは全て話したわ。満足したなら帰って頂戴《ちょうだい》！」

アメデオは満足感と共に、再び車を走らせた。

これで大臣が単身、現場に向かった理由は分かった。

運転手の姿をしていた訳もだ。

(だが、待てよ……。犯人は何故、マリーノ・ダニエリの名を騙《かた》れば、大臣が油断すると分かったんだ？)

余程親しい関係者なのか、それとも……。

そこまで考えた時、アメデオの脳裏に再びロンキの不気味な笑顔が浮かんだ。

『……マリーノ・ダニエリの名を使おうと閃《ひらめ》いたんです。天啓です』

「天啓だと!? 生霊だと!? 何もかも、ふざけるな!!」

アメデオはフロントガラスに向かって絶叫した。

4

一晩中、ロンキの証言について考えていたアメデオは、一つの結論に至った。

犯人はロンキの身近な人物である。

刑務所の外にいて、いつでも犯行が出来、自分の行った犯行内容をロンキに明かした。

そしてロンキがその罪を被《かぶ》った。つまり犯人は、彼が庇《かば》いたくなるような人物だ。

これしかない。

カラビニエリに出勤したアメデオは、すぐさまロンキが収監されている刑務所に連絡を取った。

受付係から取り次がれて電話口に出たのは、刑務所長である。

『刑務所長のファスト・ドゥーニです』

「カラビニエリのアメデオ・アッカルディ大佐だ。そちらに収監されているイレネオ・ロンキの件で、協力して貰《もら》いたいことがある」

『はい、大佐。オリンド・ダッラ・キエーザ大臣の件ですね』

「そうだ。ロンキと刑務所で連《つる》んでいた仲間で、今は出所している者はいるか？」

『いいえ。所内での彼の交友関係は調べましたが、親しい仲間のような者はいませんでした。それにうちは凶悪犯刑務所で、受刑者の殆《ほとん》どが終身刑に服しています。彼らに出所なんて、まずあり得ませんし、脱獄も十年以上起こっていません』

「ふむ……。では彼に頻繁に面会に来る者はいるか？　ロンキの家族や友人などだ」

『少々お待ち下さい。記録を確認します』

　電話口から保留音が流れる。

　ドゥーニ所長が面会記録を照会するのを、アメデオは待った。

　十分ほどして、ドゥーニ所長が電話口に出る。

『ロンキの両親は死亡しており、姉弟《きょうだい》はいるものの、面会には一度も来ていません。度々、面会に訪れるのは、ブリジッタ・カランドラというロンキの元恋人だけです』

「元恋人だと？　最近の面会日は？」

『二日前の月曜日、午前九時です』

(何だって!? そいつはキエーザ大臣が殺された六時間後のことだ！)

アメデオは確信した。

面会の際、ブリジッタは自らの犯罪と、犯行方法についてロンキに伝えたのだ。そして看守の隙をついて、犯行現場の写真を渡したに違いない。

元恋人なら、ロンキが彼女を庇う動機は充分である。

それに、もしその女性とキエーザ大臣に親密な関係があったなら、痴情の縺《もつ》れが殺害動機にもなるし、マリーノ・ダニエリの名で大臣を呼び出すアイデアも思いつく。

真犯人が女性とは盲点だったが、犯行自体はテーザー銃と釘《くぎ》打ち機を使ったものだから、女性にも可能だ。共犯者がいる可能性もある。

「その面会時のカメラ映像はあるか？」

『ええ。ご覧になりたいのでしたら、後ほどカラビニエリにお届けします』

「ああ、頼む。それとブリジッタ・カランドラの連絡先と住所は分かるか？」

『はい。面会人には必ず名簿に記入して貰う決まりですから』

「それを教えてくれ」

アメデオは、ブリジッタの連絡先と住所を書き留めた。

早速、ブリジッタの携帯に連絡を取る。

呼び出し音が暫《しばら》く続き、『はい』と、アルトの声が応じた。

「ブリジッタ・カランドラさんだね？　私はカラビニエリのアメデオ・アッカルディ大佐という者だ。君に会って、聞きたいことがある」

『カラビニエリ？　ああ、イレネオがキエーザ大臣を殺したとかいう件なら、昨日、警察が家に来たわよ。又、同じ聴取を受けなきゃならないのかしら』

ブリジッタは少し怒りを含んだような、ふてぶてしい口調で答えた。

「ああ。警察とは別に、こっちにも是非聞きたい話があるのでな」

アメデオはねっとりと応じた。

『へえ。まあ、別に構わないけど、私、今日は大事な用があるの。午後二時から三時の休憩タイムの間なら、お相手できるわ。ヴェルデ・フィールドまで来てくれればね』

「ヴェルデ・フィールド？」

『レ・ルゲにあるサバイバルゲームの演習場のこと。週末のバトルイベントに備えて、今日はみっちりトレーニングしなきゃ駄目なのよ』

「話がよく分からんが、とにかくそこの住所を教えてくれ。午後二時に行く」

『分かったわ』

ブリジッタはローマ郊外の住所を述べた。ブリジッタの家の隣町だ。

アメデオはランチをゆっくり摂《と》ってから、フィールドとやらに向かった。

その住所は、レ・ルゲの町外れを示していた。

車をナビ通りに走らせると、「ヴェルデ・サバイバル・フィールドへようこそ」と看板が出ている。

標識に従って駐車場に車を停めると、近くに受付と書かれたログハウスが建っていて、その裏手には、厳《いか》めしい鉄フェンスと有刺鉄線で囲まれた緑の広場が見えた。

(何なんだ、ここは)

舌打ちしながらログハウスの玄関を潜ったアメデオは、目を丸くした。

部屋の壁には、所狭しと軍用品が飾られていた。

まるで武器庫の様相だ。

ガラスケースに入った大小様々なハンドガン、ショットガンにライフル、グレネードランチャー。その横手には、銃のマガジンや暗視スコープ、工具類。さらにはラジコン戦車や模造刀まで並んでいる。

隣の壁には迷彩ジャケット、コンバットシャツ、ヘルメットにゴーグル、フェイスガード、肘《ひじ》や膝《ひざ》用パッドやブーツといった装備品が展示され、特殊部隊さながらの服装をしたマネキンが、銃を構えていた。

いつもは目立つカラビニエリの制服も、ここでは埋もれてしまいそうだ。

「ようこそ、ヴェルデ・サバイバル・フィールドへ。会員証はお持ちですか?」

受付カウンターから、迷彩服姿の女性が声をかけてきた。

「そんな物はない」

アメデオは内ポケットから身分証を取り出しながら、BB弾が山積みになった籠《かご》の間を通り、カウンターに向かった。

その間にも、受付の女性が語りかけてくる。

「ビジター様でいらっしゃいますね。当施設はお一人様のご利用も大歓迎ですし、銃や装備のレンタルもご用意しております。カラビニエリがお好きなのでしたら、ヘッケラー&コッホ社の短機関銃モデルなどもお勧めですよ。

サバイバルゲームは、体力と知力をフルに使って楽しめる、爽快《そうかい》なアクティビティです。

当施設の特徴は、周囲を森に囲まれた緑豊かな環境と、フィールド内に存在する茂みや家屋といった様々な拠点。それらによって、多彩なゲーム展開をお楽しみ頂けます。

勿論《もちろん》、訓練場や休憩所、シャワールームも完備しており、料金システムは……」

「遊びに来たんじゃない。俺はカラビニエリの大佐だ」

アメデオが翳《かざ》した身分証を、女性はまじまじと見詰めた。

「こ、これは……。本物の大佐でいらしたのですね。大変失礼致しました！」

女性は背筋を伸ばして敬礼した。

「面倒な挨拶《あいさつ》はいい。ここには事件の参考人の聴取に来た。ブリジッタ・カランドラという女性がここにいる筈《はず》なんだが」

「はい、カランドラ様は当施設の常連です。本日もいらっしゃっています」

「中に入って探していいか？」

「はい、勿論。私もお手伝いしましょうか？」

女性の言葉に、アメデオは腕時計を見た。約束の二時まで、まだ十五分ほどある。

「いや、その必要はない」

「承知しました」

女性は鍵《かぎ》を持ってカウンターから出てくると、アメデオを先導し、鉄フェンスのゲートを開いた。

最初のエリアには、巨大な木製の迷路が築かれていた。

その内外で迷彩服を着た若者達が、銃を撃ち合っている。銃からはゴム弾が発射され、撃たれた者は「ヒット」と宣言して、ゲームを外れていく。

アメデオは退場者が屯《たむろ》している一角に行き、若者達に声をかけた。

「よう。ブリジッタ・カランドラという女性が何処にいるか、知らないか？」

「ブリジッタ？　ああ、『女ショーグン』だね。彼女なら、その先の射撃場じゃないかな」

　気のよさそうな若者が答える。

「そうか、有り難う」

　アメデオは教えられた方向へ歩き出した。

　暫く進むと、見物の人だかりの向こうに、射撃場の的が見えてきた。十名ばかりが各々の銃を構え、標的を狙っている。

　アメデオは見物人の一人に話しかけた。

「よう、『女ショーグン』ってのは、ここにいるかな？」

「ああ、あそこの彼女だよ。今日も調子がよさそうだぜ」

　男が笑いながら指さした先で、体格のいい女性がアサルトライフルを構えている。

　長い黒髪を後ろできつく縛り、深緑のタンクトップに迷彩柄のカーゴパンツ姿だ。

　アメデオは暫くブリジッタを観察することにした。

　男の言う通り、ブリジッタの銃の腕前はかなりのものだ。撃った弾が悉《ことごと》く、的の中央に当たっていく。

（ふむ。あの体格に、銃の腕前。これならテーザー銃も造作なく使えるな）

　そんなことを思ううち、約束の二時になる。

アメデオは早足でブリジッタに近付き、背後から声をかけた。

「失礼。ブリジッタ・カランドラさんですね？　二時に約束した、アメデオ・アッカルディ大佐です」

ブリジッタが振り返る。

年齢は三十そこそこだろうか。化粧っ気はなく、鋭い目つきをしていた。

「あら。その服装は本物の大佐さんなのね。こんなお偉いさんが出てくるなんて、イレネオも出世したものだわ」

ブリジッタは、アメデオの全身を舐《な》めるように見ながら言った。アメデオには少々、不謹慎に聞こえる口ぶりだ。

（余程、腹が据わった性格か、自分の犯罪はバレないと高をくっているんだろう）

アメデオは顰《しか》め面で咳払《せきばら》いをした。

「何処か静かに話せる場所へ行こう」

「分かったわ。そこの木陰のベンチはどう？」

「いいだろう」

ブリジッタが手早く荷物を纏《まと》め、二人は揃ってベンチに向かった。

「私が何の用で来たのかは、分かっているな」

「ええ。イレネオの件でしょう？」

「当然それもあるが、その前に一つ質問だ。君はキエーザ大臣とプライベートで会ったり、付き合ったりしたことがあるか？」

アメデオは鎌をかけるように訊《たず》ねた。

「は？　あるわけないでしょ。何なの、急に」

ブリジッタは大袈裟《おおげさ》に肩を竦《すく》めた。その表情は本当のことを言っているようにも、おどけた芝居をしているようにも見える。

「じゃあ、マリーノ・ダニエリを知っているか？」

「さあ。聞いたこともない名前だわ」

ブリジッタはどっかりとベンチに座り、足を組んだ。

とぼけているのか、舐めているのか、不遜《ふそん》で反抗的な態度には違いない。

アメデオがその正面に仁王立ちする。

「君はロンキの元彼女だそうだな」

「ええ。もっとも恋人関係だったのは、四年も前の話だけど」

「だが君は、二日前にも面会に行っているだろう」

「私、今年の十二月に結婚するの。それをイレネオに伝えに行ったのよ」

「何年も前の彼氏に、わざわざ結婚を伝えにか？」

アメデオは懐疑的に問い返した。

「そうよ。私達は育った家が近くで、幼馴染《おさななじ》みだったの。そして彼が十八、私が十六の年に恋人関係になった。ちなみにお互い、初めての相手だったわ。だから恋人としては別れていても、大切な報告はしておこうと思ったのよ」

ブリジッタは顔色一つ変えずに答えた。

だが、いくら幼馴染みとはいえ、ロンキのような男と恋仲になったり、恋人関係を解消しても面会に行ったりするなど不可解だと、アメデオは思った。

「君はロンキの何処が好きだったんだ？」

「優しかったからかな……。でも半分は、彼の境遇に同情したからかもね」

「境遇というと？」

「彼の両親は州議会議員で、慈善家として有名だったわ。養子を四人も引き取っていたしね。イレネオもその一人よ。

だけどそれは表の顔で、彼らは家の中で養子達を虐待していた。気分次第で暴力を振るったり、気に入らないことがあると、食事を抜いたりね。とんだ偽善者よ。

勿論、イレネオ達は家の秘密を外で話すことを禁じられていたし、ロンキの家名に泥を塗るなと厳しく躾《しつ》けられていた。

そんな彼が私に自分の身体の痣《あざ》を見せて、本当のことを話してくれた日のことは、今も忘れられない……。

結局、彼の両親は彼が二十歳の時、交通事故で亡くなった。

イレネオはその時、『裁きが下ったんだ』って、安堵《あんど》したような顔で呟《つぶや》いたわ。『僕は善人面した悪党が大嫌いだ』とも言っていたっけ」

ブリジッタは遠くを見るように目を細めた。

「ロンキが釘男となって連続殺人を犯した動機はそれだったと？」

「恐らくね。本当のことは本人にしか分からないけど」

「四年前まで君達が付き合っていたなら、その間にもロンキは殺人を犯していたわけだ。君はそれを知っていたのか？」

「まさか！　知っていたら止めたわよ。彼とは真剣な付き合いで、結婚も考えていたんですもの」

ブリジッタは目を見開き、両腕を広げるポーズをした。

「だが君はロンキに同情していたと言っただろう。彼の行いを正当なものだとは思わなかったのか？」

「思わない。何にしても、人殺しはいけないことよ」

ブリジッタは当然と言わんばかりに語気を強めた。

「だが、君はロンキが殺人犯と分かった後も面会を続けている。それは何故だ？」

アメデオの問いに、ブリジッタは眉根《まゆね》を寄せ、数秒考え込んだ。

「そうね……道を違《たが》えちゃった弟を心配してる、そんな気持ちはあるかしら。それに、彼の心の傷がそれほど深かったことに、側にいた私は気付いてあげられなかった。その贖罪《しょくざい》のようなもの……かも知れないわ」

「贖罪ねぇ……。で、ロンキと最後に会った時、どんな話をしたんだ？」

「あの日の彼は、少しおかしかったわ。その時は、私の結婚話がそんなにショックだったのかしらとも思ったんだけど」

「どんな風におかしかったんだ？」

「いつもは寡黙で、私が話しかけたことにポツポツ答えるって感じなんだけど、あの日はやたらと上機嫌で、饒舌《じょうぜつ》だった。

私達が付き合っていた頃の思い出を熱心に話し出したり、かと思うと、自分には凄《すご》いパワーがあるんだって言い出したり……」

「どんなパワーだと言っていた？」

「えっと、神から特別な力を授かっただとか何とか……」

「生霊になって、人殺しが出来る力だと言っていたか？」

「ああ、そんなようなことを言ってた気もするわ」

ブリジッタは曖昧《あいまい》に答えた。

「その時、君もロンキにそんな力があると思ったか？」

アメデオが真顔で問うと、ブリジッタは吹き出し笑いをした。

「まさか、止《よ》してよ。私はオカルトは嫌いなの。刑務所にいる人間が、外にいる人を殺せるわけないじゃない」

「確かにそうだ。全くその通りだ」

アメデオは大きく頷《うなず》き、腕組みをすると、鋭い目でブリジッタを見詰めた。

「つまりだな、ブリジッタさん。大臣殺しの犯人は他にいるんだ。その真犯人はロンキと密に連絡が取れる人物で、刑務所の外にいなくちゃならん。

アンタ、事件の夜は、何をしていた？」

「はあ!?　貴方《あなた》、私を疑ってるの？　とんだお門違いよ。私はあの夜、婚約者のオネストとずっと一緒だったわ」

そう言うと、ブリジッタは射撃場にいる男を大声で呼んだ。

5

「オネスト！　オネスト！　一寸《ちよつと》、こっちに来て！」

すると木の衝立《ついたて》に凭《もた》れていた男が、小走りに駆けて来た。

筋骨隆々の大男で、眉《まゆ》が濃く、目元は鋭く、精悍《せいかん》な顔つきをしている。

「どうしたんだ、ブリジッタ」

「聞いてよ。このカラビニエリの大佐が、例のキエーザ大臣殺しに、私が関与しているって疑っているのよ」

「何だって⁉　彼女は無関係だ。失礼を言うな」

オネストは声を荒らげて、アメデオを睨《にら》んだ。

「君には証明できるのか？　事件の夜、彼女は何をしていたんだ？」

アメデオも負けじとばかりにオネストを睨み返した。

「証明なら出来るとも。

あの日、僕とブリジッタは一緒に夕食を摂《と》った。それからバーで深夜三時頃まで呑《の》んだ。酔って足取りが怪しくなった彼女を、僕が家まで送って、僕もそのまま彼女の部屋に泊まったんだ」

オネストは滑舌よく答えた。

「二人のアリバイを証明してくれる者は？」

「そうだな、まず、食事をしたトラットリアは『アッラ・マドンナ』。二人で何度か通った店だから、店員が顔を覚えている筈《はず》だ。それに予約は僕の名前、オネスト・ロッシで入れたし、支払いも僕のクレカだ。

『シャイニング・バー』のバーテンダーのベルトルドは、もっと僕達を覚えているだろう。あの夜は三人で盛り上がったからな。

僕とブリジッタが朝まで一緒だったことは、ブリジッタとシェアハウスしているカルメンが知っている」

「では、そのトラットリアとバーの場所と連絡先、それからベルトルドとカルメンの連絡先を教えて貰《もら》おう」

「ベルトルドの連絡先はバーでいいだろう？　カルメンの携帯は……教えていいか？」

オネストがブリジッタに問いかける。

「構わないわ。シェアメイトの緊急事態だし、許してくれる筈よ」

「ああ、分かった」

オネストは自分の携帯でトラットリアとバーのホームページを表示して、アメデオに見せた。アメデオが店の住所と電話番号をメモする。

二つの店舗の住所は、ブリジッタの家の近くだ。彼女の行動範囲は、そう広くないようだ。

最後にカルメン・グエッラの携帯番号のメモを取る。

「じっくり調べさせて貰うよ」

アメデオはニヤリと笑った。

「せいぜい頑張るんだな」

オネストが吐き捨てるように言う。

「どうぞお好きに」

ブリジッタは不機嫌そうに腕組みをした。

「さてと。念の為、ブリジッタさんに、もう一つ質問しておこう。ロンキが親しくしていた人物に心当たりはないか？　ロンキの為なら殺人でも犯すような危険な人物だとか」

するとブリジッタは首を横に振った。

「そんな人の話、聞いたことないわ。イレネオに親友はいなかったし、姉弟《きょうだい》だって、両親が亡くなってから皆、バラバラに暮らしてる。もう連絡も取り合ってないみたい。一度だけ、イレネオが姉さんにバースデーカードを送った、って話を聞いたことがあるぐらいよ」

「そうか。まあ、今日のところは、ここで引き下がってやる。だが又、捜査に協力して貰うからな」

アメデオは警告するように言い残し、オネストの罵声《ばせい》を背中に浴びながら、フィールドを後にした。

アメデオがまず向かったのは、トラットリア『アッラ・マドンナ』だ。

テーブルが十卓ばかりのこぢんまりした店内は、ランチタイムも終わって、閑散としている。

アメデオはレジカウンターにいた店員に、身分証を示した。

「一寸聞きたいことがあるんだがね。三日前の日曜の夜、ここでオネスト・ロッシとブリジッタ・カランドラが食事をしたかどうかを知りたいんだ。

オネスト・ロッシの名で予約が入っていたか、調べてくれ」

「え、ええ。分かりました」

店員は使い込まれた予約台帳を捲《めく》り、その中の一行をアメデオに示した。

「こちらですね。オネスト・ロッシ様の名前で、二十時から二名様のご予約が入っています。チェック欄に印が入っているので、確かにご来店されていますね。

あと、お客様のことは店長が一番詳しいので、呼んで来ます」

少しすると、丸々太った赤ら顔の男がやって来た。

「どうも、店長のサントーロだ。

あの日、ロッシさんが女連れで来たのは覚えてるぜ。二人ともマッチョだから目立つんだ。女性の名前は聞かなかったが、長い黒髪で気の強そうな美人だったぜ。

二人ともよく食って呑んで、二時間ばかり店にいたね」

サントーロの証言は、ブリジッタの特徴と一致する。だがまだ確定とは言えない。

「その二人の様子を確認できるような、防犯カメラの映像はないか？」

アメデオの問いかけに、サントーロは笑って肩を竦《すく》めた。

「悪いがうちにはそんな物はないよ」

「そうか。ご協力に感謝する」

アメデオは店を後にした。

サントーロが目撃した女性がブリジッタだという確証はない。

又、ブリジッタが本当にここで食事をしたとしても、二十二時に店を出た後、犯行に及ぶことは可能である。

何より大事なのは、バーテンダーの証言だ。

アメデオはバーに電話をかけたが、誰も出なかった。

次にシェアメイトのカルメンに電話をかける。

『はい、カルメンよ』

「カラビニエリのアメデオ・アッカルディという者だが……」

『ああ、ブリジッタから話は聞いてる。あの日、ブリジッタとオネストが二人で帰って来たかどうか、って話よね。勿論《もちろん》、帰って来たわ。

二人が立てる物音が大きくて、私、起きちゃったんだもの。それで「夜中なんだから、もっと静かに帰って来てよ」って、二人を叱ったわ。

時刻はハッキリ確認してないけど、真夜中だったことは確かよ』

「それは本当だな？　友人を庇《かば》ってるんじゃないだろうな。偽証は罪に問われるぞ」

アメデオは凄《すご》んで言った。

『ええ。神に誓って本当よ』

カルメンは力強く答えた。


続いてアメデオは、『シャイニング・バー』に足を向けた。

扉には準備中のプレートがかかっているが、店内に人の動く気配がある。

アメデオは扉を強く叩《たた》いた。

「カラビニエリだ。ここを開けてくれ！」

暫《しばら》くすると扉が開き、小柄でガッチリした身体つきの男が現れた。年齢は三十代半ばだろうか。

男の迷惑そうな顔の前に、アメデオは身分証を翳《かざ》した。

「何か用ですか？」

「ああ。バーテンダーのベルトルドという男に用がある」

「ベルトルドなら俺ですけど」

ベルトルドは不審そうに答えた。

「そうか。実はな、三日前の日曜の深夜、ここにオネスト・ロッシとブリジッタ・カランドラがいたかどうかを確認したいんだ」

ベルトルドは数秒考えた後、満面の笑みを浮かべた。

「ああ、いましたよ。オネストとブリジッタでしょう？　二人が熱心にサバゲーの話をしてて、俺も相槌《あいづち》を打ちながら聞いてたら、ブリジッタが俺にも一緒にやらないか、って言い出したんですよ。『オネストは背がでか過ぎて標的になりやすいけど、ベルトルドの体格なら丁度いい』とか言ってね。

それから三人で筋トレの話やらスポーツジムの話、過去の失恋話まで言い合って、大いに盛り上がりました。

オネストは朝まで呑《の》める勢いだったけど、ブリジッタが泥酔しちゃったもんで、午前三時過ぎにお開きになったんです」

「何だと？　それは確かなのか？　別の日の記憶違いじゃないだろうな」

アメデオは勢いよく詰め寄った。

「ええと、待って下さい。確かその日、盛り上がって三人で写真を撮ったんだよ」

ベルトルドは携帯を操作して、「ほら」と画面をアメデオに示した。

オネストとブリジッタ、ベルトルドが肩を組んで笑っている写真である。

その画像の上には、撮影場所と撮影日時が表示されていた。

日時は月曜日、午前二時半。

アメデオは混乱しつつも、写真データのコピーをベルトルドから受け取り、バーを後にした。

（そ、そんな馬鹿な……）

（写真も何かのトリックか？　一体何なのか、訳が分からない……）

顰《しか》め面でカラビニエリのオフィスに戻ると、机の上に、刑務所長のドゥーニから届いた封筒が置かれている。

中にはＤＶＤが入っていた。

アメデオは虚《うつ》ろな顔で、ＤＶＤを再生した。

モニタに映し出されたのはがらんとした面会室だ。

ブリジッタが入って来て、アクリル板の手前に座る。

暫くして、看守に付き添われたロンキが、アクリル板の向こうに座った。

看守がロンキの椅子の背後で、二人を見張っている。

ロンキは興奮している様子だ。身体を揺すったり、時に立ち上がったりする。

ブリジッタはじっと座ったままだ。

面会時間が終わるまで、同じような場面が続き、ロンキが看守に連れられて退室する。

ブリジッタも去った。

その間、二人がアクリル板に細工したような動きもなければ、看守が目を離した様子もなかった。

「おい、一体、何なんだ、どういうことなんだ！」

アメデオは机を叩いて悲鳴をあげた。

6

アメデオは、次にロンキの姉を調査することにした。

何しろバースデーカードを送っていたくらいだから、二人は親密な関係だったのだろうし、ロンキが庇いたくなるような人物に違いない。

刑務所長のドゥーニに連絡を入れると、ロンキが今年、刑務所から姉宛てのバースデーカードを送っていたことが分かった。住所も連絡先もすぐに調べられた。

もしかすると、そのバースデーカードに、何らかの秘密が隠されているのかも知れない、とアメデオは思った。

姉弟《きょうだい》にしか分からないやり方で、互いに連絡を取り合うような方法が……。

アメデオは早速、ロンキの姉であるキアーラに電話をし、任意の事情聴取を受けてもらうことにしたのだった。

キアーラの家は、ローマから車で二時間半。

ナポリの高級住宅地であるヴォメロの丘にあった。

活気はあるが小汚いナポリ市内とはうってかわり、落ち着いたクリーム色や白色のアパルタメントが整然と並ぶ閑静な高級住宅地だ。

緑の街路樹が揺れ、行き交う人々も上品そうだ。

通りの中でも一際豪華な建物の最上階に、キアーラの家はあった。

玄関のインターホンを押すと、中から柔らかな声で返事がある。

「カラビニエリのアメデオ・アッカルディ大佐だ」

アメデオがインターホンのカメラに身分証を翳《かざ》して言うと、暫くしてドアが開かれた。

光沢感のあるグレーのワンピースに、ふんわりしたブロンドの髪。大きな瞳《ひとみ》をした、エレガントな美女が現れる。年齢は三十代半ばだろう。

「ようこそおいで下さいました。私がキアーラ・コンタリーニです」

キアーラは極上の笑みを浮かべた。

絵に描いたような上品なマダムだ。血の繫《つな》がりがないから当然といえば当然だが、ロンキとは大違いの印象である。

こんなに美しい姉の為ならば、自分なら何でもするだろうと、アメデオは思った。

「今日は、弟さんのことでお訊《たず》ねしたいことがあって来ました」

「ええ、分かっていますわ。キエーザ大臣の事件のことですよね」

キアーラは少し俯《うつむ》き加減に言って、アメデオを広いリビングへと案内した。

メゾネットタイプの部屋の天井は高く、ベネチアンガラスのシャンデリアが吊《つ》り下がっている。

南向きの窓からはナポリ市中を一望出来、温かな光が部屋を満たして輝かせていた。

メゾネットの二階からは、子ども達の賑《にぎ》やかなはしゃぎ声と、シッターらしき若い女性の声が聞こえてくる。

仲睦《なかむつ》まじい家族写真が、壁のあちらこちらに飾られている。

リビングの中ほどには、ゆったりとしたカッシーナのソファセットが置かれていた。

「いやあ、立派なお宅ですな」

アメデオは素直に感心した。

「夫が海運業を営んでいるので、多少の贅沢《ぜいたく》をさせてもらっていますわ」

キアーラは謙遜《けんそん》気味に答えた。

「お子様がいらっしゃるのですね」

「ええ。子どもは三人おります」

「そうですか」

二人はソファに向かい合って座った。

アメデオは小さく咳払《せきばら》いをして、話を切り出した。

「さて。早速ですが、貴女《あなた》がイレネオ・ロンキと最後に話をしたのは何時《いつ》ですか？」

「最後ですか？　それは両親の葬式の時です」

「えっ、本当ですか？」

アメデオは思わず問い返していた。

「はい。教会でのミサを終え、両親を墓地に埋葬した日を最後に、私はあの家を出ましたから。そして程なく、当時付き合っていた夫と結婚しました。

他の弟妹も同様で、皆、家を出てバラバラになりました」

「それから一度も、誰とも連絡を取っていないと？」

「ええ。弁護士を通して、書類のやり取りは何度かあったと思いますけど」

「でも、イレネオ・ロンキは貴女にバースデーカードを送っているんですよね？」

アメデオが粘っこく訊ねると、キアーラは複雑な顔をして立ち上がった。

「イレネオが送って来たカードをお見せしましょうか？」

「ええ、是非」

キアーラは頷《うなず》いて、廊下の奥に消えた。

そうして再び戻って来た彼女の手には、麻紐《あさひも》で括《くく》られた封筒の束があった。

「これがイレネオから私に毎年届く、バースデーカードの全てです」

そう言うと、キアーラは封筒の束を、見て下さいと言わんばかりに、アメデオに差し出した。

アメデオはそれをテーブルに載せて麻紐を解き、一枚一枚、封筒からカードを取り出して、テーブルに並べていった。

合計十枚。

全てのカードは、どこのスーパーマーケットの雑貨コーナーにもありそうな、特徴のない代物で、『お誕生日おめでとう』と、文字が印刷されている。

各々のバースデーカードには当然、直筆のメッセージを書き込む余白が設けられているが、そこには何の文字も書かれていなかった。ひと文字すらだ。

実に奇妙な感じだ。

わざわざ毎年、バースデーカードを送るほど親しい筈《はず》の姉に対し、一言もメッセージを書かないという意味が分からない。

そもそもカードというものには、デザインを選ぶ時から相手を喜ばせようとする気持ちが込められたり、心の籠《こ》もった言葉を贈ろうとする意志が感じられたりするものだ。

それが何もない。

無味乾燥としか感じられない。

それなのに、市販のカードが入った封筒に書かれた宛名は、丁寧な筆跡である。

「これらの封筒には、カード以外に、何かが入っていませんでしたか？」

アメデオは訝《いぶか》しげに訊ねた。

「いいえ、いつもカードだけです。私達はお互いに、いい思い出なんてありませんでしたから、語り合うこともないんです」

キアーラは無表情に答えた。

ロンキの両親が養子達を虐待していたという、ブリジッタの言葉がアメデオの脳裏に甦《よみがえ》る。

「しかし、それにしても……素っ気なさ過ぎる」

唸《うな》るように呟《つぶや》いたアメデオに、キアーラはフッと空《むな》しげな息を吐いた。

「そうでしょうか？　私にはイレネオの悲鳴が聞こえますわ」

「悲鳴ですって？」

アメデオが目を瞬く。

「大佐。貴方《あなた》には、私が幸せに見えますか？」

キアーラは黄色味のある深いグレーの瞳で、じっとアメデオを見詰めた。

「そりゃあそうでしょう。こんな高級住宅地の立派な家に住んで、ご主人は経営者で、可愛い子ども三人に囲まれて、それが幸せじゃないなんてことは……」

「そう見えるのですね。ええ、普通はそうなんでしょう。

ですが、私は毎晩のように悪夢を見ます。そしてその悪夢の方が現実で、現実の幸せの方が夢のように感じているんです」

「悪夢……といいますと……？」

「私達があの両親の許《もと》にいた頃の悪夢です。

私とイレネオは、別々の施設から、ほぼ同時にあの家に引き取られました。私が十二、イレネオが十一歳でした。

両親は地元の名士で、世間から慈善家と呼ばれる議員夫婦でしたけれど、実際の彼らは養子を引き取ったというより、奴隷を買ったという感覚だったのでしょう。

両親は世間への見栄《みえ》から、私達を学校に通わせ、衣服を着せてはくれましたが、家の中での生活は奴隷そのものでした。

私とイレネオは一日中、掃除、洗濯、料理などの家事、庭の芝刈りと、終わらない仕事を言いつけられました。私達の食事は両親の残飯でした。

そして私達がどんなに必死で命令をこなしても、両親はどこかしら気に入らない点を見つけて、私達を平気でぶちました。外から見えないお腹や背中を……。私とイレネオはいつもビクビクしていなければなりませんでした。そして父が癇癪《かんしゃく》を起こすと、あの拷問が待っていたんです」

キアーラは青ざめ、両腕で自分の身体を抱いて、ぶるりと震えた。

「拷問……ですか」

アメデオが唾《つば》を呑《の》む。

「ええ。手足を押さえられ、悲鳴を上げないように猿轡《さるぐつわ》をされて、釘《くぎ》打ち機で細い釘を打ち込まれるんです。二の腕や太股《ふともも》に……。細い釘ですので、引き抜いてしまえば痕《あと》こそさほど目立たず、他人から見れば虫刺されの痕ぐらいに思われたでしょうが、酷《ひど》い痛みが何週間も続きました。その時の記憶は、本当に悪夢そのものです」

「そ、そんな酷い折檻《せっかん》を子どもに……。キアーラさん、どうして周囲に助けを求めなかったんです？」

アメデオは思わずソファから身を乗り出していた。

「両親が怖かったからです。一言でも口外すると、何をされるか分かりません。それに、ちっぽけな私達の言葉なんて、誰も信用してくれないと思っていました」

「そうだったんですか……。それでロンキは釘打ち機で犯行を……」

掠《かす》れた声で呟いたアメデオに、キアーラは小さく頷いた。

「弟は過去の悪夢に囚《とら》われているんです。傍目《はため》には幸せそうに見える今の私ですら、夜な夜な悪夢に魘《うな》されているのですから……」

「ふむ……」

アメデオは顔を顰《しか》めて腕組みをした。

キアーラが嘘を言っていないことは分かる。

バースデーカードに仕掛けがないことも分かった。

もう一つ分かったのは、キアーラが弟に同情的であるということだ。

何不自由ない暮らしを送るキアーラが、本来は不名誉だろう犯罪者の弟に関する聴取に、素直に応じてくれたのも、弟を庇《かば》うような気持ちがあってこそだろう。

「ところでキアーラさん。イレネオ・ロンキの下にもまだ二人、弟妹がいらっしゃいましたね」

「ええ。下の二人が引き取られたのは、私が十七、イレネオが十六歳の時でした。間もなく成人する私達の後釜《あとがま》として、新しい奴隷が欲しかったのでしょう」

アメデオは、その弟妹もまた、イレネオ・ロンキが庇う可能性のある人物だろうと考えた。

「その二人との兄弟仲《きょうだい》というのは、良好でしたか？　例えば、イレネオ・ロンキが特別に可愛がっていたですとか」

アメデオの台詞《せりふ》に、キアーラは目を細め、苦い笑いを浮かべた。

「大佐。大佐のような真っ当な方には理解して頂けないでしょうけど、あの家のような環境の中では、姉弟仲だとか人間関係なんてものは、何も芽生えないんです。

そもそも姉弟間の自由な会話なんて、一切存在しませんでしたから。

私とイレネオには、同じ時期に貰《もら》われて来て、同じ恐怖を味わった仲間意識のようなものはありましたけど、下の二人はまだ幼くて、私とは距離のある関係でした。

ただ……イレネオは、幼い二人を逃がしたがっていたのかも知れません」

「ロンキがそう言っていたんですか？」

「いいえ、イレネオは何も言っていません。

ただ、両親が交通事故に遭った日、イレネオは洗車を命じられていました。随分、入念にやっていると思っていましたら、その後、両親が事故死したんです。原因はブレーキの不具合だったとか……」

「待って下さい。つまり貴女《あなた》は、ロンキが車に細工をしたと？」

「いいえ、それは分かりません。証拠も何もありませんし、実際、ただの事故として処理されましたから。

でも、両親の事故死が結果的に、私達姉弟を自由にしたのも事実です。

当時の私は、イレネオが両親を殺したのではないかと怖くなり、逃げるようにあの家を出ました。そしてイレネオとの接触を、いえ、あの家に纏《まつ》わる全てを避けて暮らしてきました。

でも、やはりイレネオのことは一時も忘れたことがありません。いい思い出なんて、一つもありはしないのに……。

イレネオもきっと同じでしょう。だから私に毎年、バースデーカードを送って来るんです」

そう言うと、キアーラは大粒の涙を流した。

「キアーラさん。もう一度お訊《たず》ねしますが、貴女は両親の葬式の後、イレネオ・ロンキと会ったことも、言葉を交わしたことも、ないんですね？」

「ええ、ありません」

「キエーザ大臣殺害事件の前後、イレネオ・ロンキから連絡があったとか、ロンキとは名乗らなくても、不審な電話や手紙があった、というようなことは？」

「ありませんわ」

キアーラは涙を拭《ぬぐ》い、キッパリと答えた。

「貴女やご主人が、キエーザ大臣と関わりがあったとか、面識があったということは？」

「いいえ、全く」

「そうですか……。分かりました。また何かあれば、お話を伺っても？」

「ええ、構いませんわ」

アメデオはキアーラの家を後にし、カラビニエリ本部へと戻った。

イレネオ・ロンキとキアーラの間に、奇妙な愛情や仲間意識があったとしても、キアーラが大臣の事件に直接関わっているとは思えなかった。

イレネオ・ロンキの元恋人であるブリジッタ・カランドラも同様だ。

アメデオが迷子になったような気分で、オフィスの扉を開くと、デスクの上に大きな書類保存箱が五つ、積まれていた。

「何だ、これは……」

アメデオは眉《まゆ》を顰《ひそ》めて、内線電話を手に取った。

『はい、ガリエです』

部下が応じる。

「俺だ、アメデオだ。俺のデスクに置かれてる箱についてなんだが……」

『はい。そちらは州警察のベルトランド・バルバート刑事からのお届け物です。州警察ではここ数年、ロンキの事件と類似した、生霊殺人事件に頭を抱えているとのことで、是非、大佐の捜査のお役に立てて頂きたいとのことでした』

「そうか、分かった」

アメデオは短く答えて電話を切った。

そう言えば、州警察がそんなことを言っていたなと思いつつ、箱を開く。

一番上の箱から出てきた分厚いファイルには、『娼婦溺死《しょうふできし》殺害事件』とタイトルが付けられている。

その事件とは、今から七ヵ月前。とあるモーテルで、首に鉄アレイを括《くく》り付けられた娼婦が、水が一杯に張られた浴槽で溺死していたというものだ。

同様の手口で娼婦が殺害される事件は、四年前から年に二度の頻度で起こっていて、その連続殺人犯として一昨年に逮捕されたのが、チリアーコ・アレッシであった。

そしてチリアーコ・アレッシには、無期刑が言い渡された。

ところが彼の服役中に、又も同じ手口の娼婦溺死殺害事件が起こった。

州警察は、チリアーコ・アレッシの模倣犯による犯行とみて、事件を追い始めた。

そこで分かったのは、モーテルのチェックイン手続きをしたのは、殺害された娼婦本人であり、犯人らしき人物は目撃されていないこと。

また、解剖結果から判明したのは、被害者が強い睡眠薬入りの酒によって酩酊《めいてい》させられ、浴槽に運ばれて、三十キロの鉄アレイを首に縄で括り付けられたこと。

そして昏睡《こんすい》状態で手足の自由が利かないまま、時間をかけて溺死させられたということであった。

加えてその際、被害者の前髪の一部が、不自然に切り取られていた。

被害者の家族は十二歳の少年だけで、彼の証言からも、被害者の交友関係からも、被疑者は浮かび上がらなかった。

ところが、捜査開始から七日目。服役中のチリアーコ・アレッシが突然、事件への関与を仄《ほの》めかし始め、取り調べをしたところ、自分が犯人だと自供した。

さらにはその証拠として、女性の髪が入った袋を提出し、その毛髪の分析をしたところ、殺された被害者のものと一致したというのだ。

アメデオはファイルをそこまで読んで、眩暈《めまい》を覚えた。

確かに、これはロンキの事件とそっくりだ。

それが五箱分。

つまり州警察は、『大佐の捜査のお役に立てて頂きたい』などと言いながら、実質、自分達にはどうしようもない難事件をアメデオに押し付けたということである。

「くそったれ!!」

アメデオは机を叩《たた》き、立ち上がった。

ひとまず資料に目を通さない訳にはいかないが、最早《もはや》、素面《しらふ》ではやっていられない。ビールでも飲みながらでなければ、頭がおかしくなりそうだ。

アメデオがオフィスを出て、大股《おおまた》で玄関ホールを歩いていた時だ。

視界の先に、酔っ払いのような足取りでふらふらと歩く人影が映った。

細いパンツスーツ姿に、黒く縮れた髪。幽霊のように青ざめた横顔。

カラビニエリと協力関係にある犯罪プロファイラー、フィオナ・マデルナだ。極め付きの変人で、トラブルメーカーでもある。

普段なら、こちらから声を掛けるのも嫌な相手だが、今だけは話が別だ。

彼女から何か、有益な助言の一つでも得られるかも知れない。

アメデオはフィオナに歩み寄りながら、大声を出した。

「おい、フィオナ！」

するとフィオナは、驚いた顔で振り返った。

「やあ、大佐じゃないか。久しぶり……だったかな？」

フィオナは相変わらず、間の抜けたような声を発した。

「なあ、一寸《ちょっと》、力を貸してくれないか。ややこしい事件を引き受けちまってるんだ」

両手を合わせ、祈るように言ったアメデオに、フィオナは短く答えた。

「嫌だよ」

「何でだよ！　お前と俺は今までだって、何度も一緒に事件を解決してきた仲だろう！」

「あのさ、大佐。ボクがマスターを信奉してることは、知ってるよね。他ならぬマスターに会えるからこそ、ボクは大佐に協力してきたんだ。

今回だって、マスターの命があれば話は別だよ。だけど、違うんでしょう？」

フィオナの瞳《ひとみ》がアメデオを見透かすようにじっと見る。

「いいか。俺の職権で、お前をプロファイラーに指名することだって出来るんだぞ」

アメデオは高圧的に言った。

「そういうところさ。嫌なんだよ。指名されたって、ボクは辞退するからね」

「なあ、そんなつれないことを言ってくれるなよ」

「大佐がややこしい事件を解決したい、って心から思ってるなら、いつもみたいにマスターに頼めばいいじゃない。そしたらボクだって、喜んで応援するのに」

「そういう訳にはいかんのだ」

「何で？」

小首を傾げるフィオナを見ていると、苛立《いらだ》ちが込み上げてきた。

今回ばかりは自分の手で事件を解決したい。たったそれだけの思いが通じないとは、何という冷血な女だろう。

「ふん。お前がその気なら、もういいさ！　誰がお前をあてになんてするか！」

アメデオは顔を真っ赤にして怒鳴り、フィオナに背を向けると、近くにあったゴミ箱を蹴飛《けと》ばした。

7

ビールを一缶買い、アメデオはオフィスに戻った。

顰《しか》め面で一口、喉《のど》にビールを流し込むと、二冊目の分厚いファイルを手に取る。

ファイルには『強盗犯焼殺事件』とタイトルが付けられていた。

アメデオは元々、書類を読むのは得意ではない。

というより、苦手である。

そこでひとまず、事件の概要を纏《まと》めた頁だけを読むことにした。

その事件とは、一年半前に仮出所した強盗犯が、深夜、自宅で全身を縛り上げられ、その上、灯油をかけられて焼き殺されたというものだ。

それより前から数件、類似した事件が起こっており、三年前に犯人として逮捕されたのが、バルトロ・アッデージという男であった。

そしてバルトロの服役中、又も同じような事件が発生したというのだ。

事件現場には犯人を特定するような物的証拠はなく、捜査は難航したが、事件後数日経って、服役中のバルトロが、自分の犯行であると看守に報告に来たというのだ。

バルトロの主張は、自分が生霊となって被害者を殺したというものだった。

そしてバルトロは、犯行に使われた縄と灯油の入手先とその日付を明らかにした。

その供述を元に捜査を続けると、バルトロが言った通りの店で、事件当日、縄と灯油を入手する、バルトロとよく似た男の姿が目撃されていた。

（服役中の男の姿が外で目撃されただって？　マジかよ……）

アメデオは嫌な汗を拭《ぬぐ》い、三冊目のファイルに手を伸ばした。

ファイルに書かれたタイトルは、『聖職者串刺《くしざ》し殺人事件』である。

アメデオはそれを見て、一時イタリアを震撼《しんかん》させた連続事件を直ぐに思い出した。

それは約三年前に始まった連続殺人事件で、教会の司祭が銃で撃ち殺され、遺体の肛門《こうもん》に鉄パイプが突き立てられるという凶悪事件であり、一週間から十日おきに次々と起きていた。

五回目の犯行で捕まったのは、クレメンテ・カシーニ。敬虔《けいけん》なカソリックの家に生まれ育った、三十代の無職の男である。

ところが、クレメンテの服役中に新たな事件が起こった。

しかも犯行は更に残忍だ。

被害者となった司祭は誘拐され、遺体となって山奥で見つかった。

縄で縛られ、変わり果てた遺体の傍には焚火《たきび》の痕《あと》があり、解剖の結果、司祭は生きたまま、焼けた鉄パイプを肛門に突き立てられて死亡したことが分かったのだ。

このケースも、事件から数日後に、クレメンテが自分が犯人だと、面会に来た記者に告白している。

警察に事情を聞かれたクレメンテは、司祭を殺害した経緯について、警察が確認した事実とほぼ同様の供述をし、これが犯行の証拠だと、爪の欠片《かけら》を警察に提出した。

その爪の欠片をDNA照合した結果、殺された司祭のDNAと一致した。

ここでクレメンテも、自分が生霊となって、司祭を殺害したと主張していた。

三冊目のファイルには、一枚のDVDが添えられてあった。

資料によると、クレメンテが生霊殺人事件を起こした夜、監視カメラが不可解なものを映していたとある。

アメデオは自分のパソコンでそのDVDを読み込んだ。

画面には深夜の刑務所の様子が映し出された。

暗く煤《すす》けた廊下の両脇に鉄の扉が並び、画面の手前には頑丈そうな鉄格子が映っている。

特に動きも音もないのは、誰もが寝静まっているせいだろう。

そう思っていると、画面の右手から左手へと、白くぼやけた幽霊のような影が移動して行った。

（な、何だ、これは……。まさかこれがクレメンテの生霊なのか……）

アメデオはビールをぐっと飲んで動画を戻し、その幽霊らしきものの映る場面を何度も再生した。

だが、見れば見るほど訳が分からない。

アメデオはぶるっと身震いしながら、三冊目のファイルを閉じ、次のファイルを開いた。

四冊目のファイルのタイトルは、『工事現場爆破事件』だ。

今から二年前。建設中の公共施設で地盤工事をしていた現場に爆発物が仕掛けられ、従業員十数人が死傷した。

その犯人として名乗りを上げたのが、ファウスト・チェナーミという服役中の男だった。

ファウストは、爆破事件の六年前に、工事現場への嫌がらせや機材の盗難、破壊などを繰り返したあげく、最後には包丁を持って乗り込み、従業員を次々と刺殺するという事件を起こした。その罪で無期刑を言い渡され、服役していたのだ。

当初、警察は爆破事件の犯人が他にいると考えて捜査していたが、ファウストは自ら、現場に仕掛けられた爆弾の作り方を克明に説明した上、死亡した従業員の血痕《けっこん》のついた名札を証拠として提出したのである。

ファウストは、犯行の動機を「移民迫害への罰」などと意味不明の短い言葉で述べ、他の告白者と同様、生霊となって犯行に及んだと告白していた。

アメデオは事件の理解不能さに苛立ちながら、最後のファイルを開いた。

五冊目のタイトルは、『タクシー運転手一家殺害事件』であった。

事件は半年前に起こっていた。

深夜のローマ郊外で、タクシー運転手が車中で刺殺された。そしてどういう意図か、タクシーの屋根についた社名表示灯が、石で砕かれていた。

しかもその数カ月前、タクシー運転手の妻と子が、自宅で殺されていた。

殺害方法は絞殺であったが、現場にはタイヤ痕に見える黒い塗装がされてあり、二人がまるで車に轢《ひ》かれでもしたかのようであったという。

一家全員を狙った猟奇的な犯行だ。

この事件の犯人だと自供したのが、服役中のカッリャリ・デマルキである。

カッリャリは、事件の一年半前から服役していた。その罪状は、タクシーに深夜の山道を走らせ、ひと気のない場所に停車させては運転手を刺殺するという凶悪犯罪を、合計七件も繰り返していたというものだ。

タクシーの売上金を狙った犯行ではなく、ただ殺しの為の殺しを繰り返したという異常犯罪である。

更に、運転手一家の殺害を自供したカッリャリは、タクシーを何処で停めさせ、どんな凶器で殺したのかを詳しく説明した。

そして、タクシーの屋根につけられていた社名表示灯の破片を提出した。

その破片は、被害にあった車の欠けたピースと一致した。

カッリャリも又、自分が生霊となって、犯行に及んだという旨の供述をしている。

アメデオは一連の事件の概要を読んだだけで、眩暈《めまい》を覚え、頭を掻《か》きむしった。

（くそっ！　服役中の凶悪犯が生霊になって犯罪を繰り返すだと？　そんなことがある筈《はず》がない！　そうなると、やはり模倣犯が存在するということか？　それは同一人物なのか？　それとも別々の犯人なのか……。

第一、服役中の奴らにはアリバイがあるってのに、なんで自分が犯人だなんて、ペラペラ喋《しゃべ》っているんだ？

そしてどうやって証拠品を手に入れたんだ？

監視カメラに映っていた、あの幽霊のような影は何なんだ？）

アメデオの頭の中をぐるぐると疑問が駆け巡ったが、いくら考えても、答えは出そうにない。

ぐっと口に含んだビールの最後の一口は、すっかり生温《なまぬる》くなっていた。

一つ分かったことといえば、ラツィオ州には、凶悪犯を収容する刑務所が二カ所あり、犯人の誰もがその二カ所の刑務所のいずれかに収容されていたということだ。

（よし。こうなったら、刑務所からの情報収集だ！）

アメデオは電話を手に取った。

まずはロンキを収容している刑務所に連絡を取り、所長に取り次いでもらう。

『はい、刑務所長のファスト・ドゥーニです。ご用件は何でしょうか』

「『娼婦溺死《しょうふできし》殺害事件』のチリアーコ・アレッシと、『強盗犯焼殺事件』のバルトロ・アッデージ、『タクシー運転手一家殺害事件』のカッリャリ・デマルキについて聞きたいんだが、この三人に共通して面会に来ていた人物はいなかったかね？」

『ああ。その件に関しましては、警察にも既にお伝えしましたが、共通の面会人はおりませんでした。警察からお聞きになっていませんか？』

「う、うむ。一応、念の為に確認しただけだ。間違いはないだろうな？」

『はい。間違いありません』

「では、過去に模倣犯として収容されたことのある犯罪者で、現在は出所している怪しい奴はいないか？」

『さて……どうでしょう。私の方では把握しておりません。担当刑事に訊《たず》ねられては如何《いかが》でしょうか』

「そうだな。そうしよう。だが、チリアーコ・アレッシと、バルトロ・アッデージ、カッリャリ・デマルキの面会人について、もう一度よく調べてもらいたい」

『分かりました。もう一度、調べます』

「おう、宜《よろ》しく頼んだ」

電話を切ったアメデオは、もう一カ所の刑務所にも同じことを訊ねたが、答えは同様であった。

アメデオは次に、州警察のベルトランド・バルバート刑事に電話をかけた。

『はい、ベルトランド・バルバートです』

「アメデオ大佐だ」

『これはこれは大佐！　捜査ファイルから分かったことがありましたか？』

期待に満ちた声で返してきたベルトランドに、アメデオは少し怯《ひる》みながら咳払《せきばら》いをした。

「い、今、ファイルに目を通したところだ。そんなに直ぐに結論が出る訳がないだろう」

『はっ、失礼致しました』

「それでだな、念の為に聞きたいのだが、一連の事件を起こしそうな模倣犯について、州警察の調べはついていないのか？」

『ええ……。捜査ファイルにも書いた通り、有力な模倣犯というのはおりません。殺人を犯した模倣犯の場合、刑務所から滅多に出て行けるものではありませんので……。ただ、「娼婦溺死殺害事件」の場合、我々はベンヴェヌート・チェーヴァという男に一度、疑いの目を向けました』

「ベンヴェヌート・チェーヴァ？」

『はい。捜査ファイルに書かれている筈ですが、お読みになりませんでしたか？』

「あ、いや、読むには読んだが、もう少し詳しく話を聞かせてもらおうと思ってな」

『そうですか。ベンヴェヌート・チェーヴァは今から四十年前に逮捕された、娼婦連続殺人の犯人なんです。彼はその事件について当時、「切り裂きジャックに捧《ささ》げるオマージュだ」と語っていたそうです』

「ほう。『切り裂きジャック』とは、随分古典的だな」

『ええ。本人ももう、八十三歳になる老人ですからね』

（八十三か……。そりゃあ、殺人なんて出来んだろうな……）

アメデオは少し落胆しながら、質問を続けた。

「で、そいつを取り調べたのか？」

『ええ。ですが、とうに寝たきりで施設に入っていて、認知症も患っていました。事件当時のアリバイも充分でした』

「そうか……。収穫はなしか……」

『はい。でも、私が「切り裂きジャックに捧げるオマージュ」とはどういう意味だったのかと訊ねた時、彼は妙なことを言いました。「愛だ。愛そのものだ」なんてね』

「何だそれは。ただの妄言じゃないのか？」

『さあ、分かりません。ただ印象的だったもので覚えています』

「他に覚えていることは？」

『いえ……。それぐらいですかね』

「ふむ、分かった。又何か思い出したり、新たに判明したことがあったりしたら、直ぐに連絡してくれ」

『はい、承知致しました』

アメデオは電話を切り、長い溜息《ためいき》をついた。

そして、一冊目のファイルの検視結果や鑑識の内容をよく読もうとしたのだが、余りにも専門用語が多くてややこしく、途中で嫌気がさしてファイルを閉じた。

（何てこった。この年までカラビニエリをやって、大佐にまでなってるってのに、俺は本当に真面《まとも》に事件を解決したことがなかったんだな……。ファイル一つ、ちゃんと解読することが出来ない……。畜生、それもこれも、ローレン・ディルーカのせいだ！）

アメデオは、逆恨みだとは承知しつつも、ローレンに対して毒づきながら、オフィスを出た。

もう夕方の退勤時間だ。

だが、どうにもそのまま家に帰る気にはなれない。

そこで憂さ晴らしに一杯、何処かで飲むことにしたのだった。

＊　＊　＊

繁華街の路地裏で、小さなパブを見つけたアメデオは、気紛《きまぐ》れにその扉を開いた。

「今晩は。ようこそ」

五十代と思《おぼ》しきママが声をかけてくる。メイクが濃く、貫禄《かんろく》のある、目力が強い女性だ。

カウンターだけの薄暗い店内に、他の客の姿はなかった。

アメデオは一番奥の席に陣取った。

「取り敢《あ》えずビールだ」

「はい」

直ぐに冷えたビールがグラスに注がれる。

それを一気に飲んだアメデオだったが、まるで酔える気がしない。

「ママ、強めの酒でお薦めはあるか？」

「サンブーカ・コン・モスカはどうかしら」

「ああ、それで頼む」

するとアメデオの前にリキュールグラスが置かれ、透明なサンブーカが注がれた。

ママがグラスに珈琲豆《コーヒー》を三粒浮かべ、ライターでそれに着火する。

ゆらりと青白い炎が立ち上った。

暫《しばら》くそうした後、ママはグラスにコースターを被《かぶ》せて火を消した。

「少し冷ましてお飲み下さいね」

「うむ」

アメデオは言われた通りにした。

香草の香りが立ち、独特の甘味が印象的な酒だ。

「美味《うま》いよ、ママ」

「有り難うございます」

「お代わりをもう一杯、頼む」

「ふふっ。お強いんですね」

再びアメデオの前に青白い炎が立ち上る。

何とも幻想的な気分になったアメデオは、ぼんやりと口を開いた。

「なあ、ママ。生霊なんてものが、この世にあると思うか？」

するとママは小さく笑って答えた。

「ええ、あると思います。というより、私、生霊を飛ばせるんです」

「え、何だって？　どういうことだ？」

アメデオは、くらりと眩暈《めまい》を覚えた。

「私ね、根っからの恋愛体質で、若い頃は特に、恋人への束縛が強かったんです。少しでも離れていると、彼が浮気をするんじゃないか、他の子と仲良くしてるんじゃないかと気が気じゃなくて。

特に彼が出張なんかで家を空けていると、心配で心配で。一日中、彼のことを考えていたんですけど、そうすると彼の所に私の生霊が、ふっと現れちゃうんですって」

ママは肩を竦《すく》め、グラスにコースターを被せた。

「生霊なんて、どうやって飛ばすんだ？」

アメデオが固唾《かたず》を吞《の》んで訊ねる。

「さあ……。自分でもよく分からないのですけど、とにかく一途《いちず》に彼のことを想って、彼の側にいたいと強く望んでいたことは確かね。そうすると、魂だか念だかが、飛び出して行っちゃうみたいなんです」

「本当にそんなことが……？」

「ええ。正真正銘、本当のことよ。何しろそれを気味悪がられて、六人もの男に振られたんですもの」

アメデオはじっとママの目を見た。

嘘を吐いている感じはしない。

だが、彼女が嘘を吐いていないということは、この世に生霊なるものが存在するということだ。

『どうやって？　それは、強い思いを持ったからとしか言いようがないですね。オリンド・ダッラ・キエーザ大臣を殺したいっていう強い思いが、僕に特殊な力を与えたんです』

ロンキの言った台詞《せりふ》が脳裏に甦《よみがえ》る。

（そんな……そんな馬鹿なことが……）

アメデオはぐっとサンブーカを呷《あお》った。

カッと熱い刺激が喉《のど》を通って行く。

アメデオはもう全てを忘れて酔ってしまいたかった。

8

翌朝、アメデオは二日酔いの怠《だる》さと、鈍い頭痛と共に目覚めた。

のろのろと身体を起こし、顔を洗ってダイニングキッチンへ行くと、妻がキッチンカウンターで作りたてのスムージーを自分と娘のコップに注いでいるところだった。

普段なら勧められても断じて飲まない緑の液体だが、今日はやけに美味そうに見える。

「アンナ、悪いが俺にもそいつを一杯、作ってくれ」

テーブルに着きながら言ったアメデオに、アンナは少し驚き、微笑んだ。

「珍しいわね。ええ、どうぞ」

差し出されたコップをぐっと呷ると、フレッシュな野菜と果物の甘味、そしてビタミン類がゆっくり喉を通って全身に巡っていくようだ。

「うん。美味い」

一気に飲んでから気付いたが、隣席に息子の姿がない。息子の好物であるマリトッツォとカフェラテが、テーブルに並んでいるだけだ。

「アデルモはどうした？　まだ寝てるのか？」

するとアンナは眉間《みけん》に皺《しわ》を寄せ、徐《おもむろ》にアメデオの正面に着席すると、膝《ひざ》に手を置き、彼をじっと見た。

「それが大問題なのよ、貴方《あなた》」

「どうしたんだ」

「あの子、今日は学校へ行かないと拗《す》ねてるの。部屋から出てこないのよ」

真面目が取り柄の息子には珍しいことだ。アメデオは目を見開いた。

「何かあったのか？」

「ええ。あの子、先週からジグソーパズルに夢中になっていたでしょう？」

「ああ、そうだったな」

アメデオは息子と交わした会話を思い出しつつ、頷《うなず》いた。確か先週には、「出来上がったら、父さんに一番に見せてあげる」と、元気よく言っていた。

「ジグソーパズルって、楽しみながら集中力や忍耐力を鍛えられたり、完成させると自信に繋《つな》がったりするんですって。ビル・ゲイツやアインシュタインも愛好していたそうよ。

だからアデルモの教育にもピッタリだと思って、買い与えたの。

あの子も最初は喜んでやってたんだけど、何日経っても完成しなかった。それをアイーダが一日で完成させてしまったのを見て、拗ねてしまったのよ」

「そんなことがあったのか……」

アメデオは息子を不憫《ふびん》に思いつつ、素知らぬ顔でスムージーを啜《すす》っている娘の方に身を乗り出した。

「アイーダ。どうしてお兄ちゃんのパズルを勝手に完成させたりしたんだ」

咎《とが》めるように言ったアメデオに、アイーダは面倒そうな溜息《ためいき》を吐いた。

「パパは毎晩帰りが遅くて知らないだろうけど、ここ数日、お兄ちゃんがメソメソしてて、超ウザかった。『パズルを完成させるって約束したのに、父さんに合わせる顔がない』とか何とか言ってさ。

ママは頑張って励ましてたけど、すっかり困り切ってたし、そんなの見てたら苛々《いらいら》してきて、お兄ちゃんの部屋へ様子を見に行ったら、もう信じらんない！ 始めて一週間も経つのに、パズルの右端の一列しかできてなかった。

こんな調子じゃ、何時まで経っても完成する訳ないと思って、私も手伝おうかって、声をかけたの」

「ふむ。それで？」

「お兄ちゃんは右端から内側に向かって、合いそうな形や似た色のピースを一つずつ、当てはめながら探してた。

だけど、例えば海の青と空の青は一寸《ちよつと》違うでしょ？　それを一緒くたにして、一つ一つ試しながら、パズルピースの形合わせばかり気にしていたら、完成なんて無理に決まってる。もっと落ち着いて、全体を見るべきなの。

それで私が軽くアドバイスしたら、お兄ちゃんが怒り出して、『偉そうなこと言うなら、お前がやってみろよ』って言われたから、やった」

「そう簡単に言うがな。一体どうやって、たった一日でパズルを完成できたんだ？」

「まずは角や端のピースを取り分けて、四方の外枠を完成させたら、あとは枠の色合いや柄をよく見て、分かり易い場所から手をつければいいのよ。

なにしろ完成図のサンプルが箱に印刷されてるんだから、それをちゃんと観察すれば、ヒントも答えもそこに全部書いてあるの。簡単だったわ」

アイーダの聡明《そうめい》さは自分の遺伝ではないな、とアメデオは感じた。やはり息子はつくづく自分に似、娘は妻に似たらしい。

妻のアンナは平凡な主婦だが、なかなか賢い女だ。

家庭内のトラブルや将来のプランについて、妻はしばしば自分に相談をもちかけるが、どんな時も彼女の提案が正しいので、アメデオは妻に逆らわないことにしている。

「成る程な……。事情は分かったが、アイーダ。お兄ちゃんのパズルをお前が完成させたら駄目だ。お兄ちゃんがガッカリする気持ちは、分かるだろう？　第一、お兄ちゃんのやる気やプライドを傷つけてしまうことになる」

「へえ、そうなんだ、分かった。じゃあ私、もう二度と、お兄ちゃんを手伝ってあげようなんて思わないし、もう二度と何もしないから！　それでいいんでしょ？」

アイーダはふてくされた顔で、テーブルに肘《ひじ》を突いた。

アメデオは娘の肩を宥《なだ》めるようにポンと叩《たた》き、息子の部屋へと向かった。

ドアノブに手をかけると、中から鍵《かぎ》がかかっている。

アメデオはドアを大きくノックした。

「おおい、アデルモ。何時まで拗ねてるんだ？　子どもっぽいことを言っていないで、いい加減に出てきなさい。学校へ行かなきゃ駄目だろう」

すると、ドアの向こうから泣きじゃくる声が聞こえてきた。

「いいんだ、もう！　学校なんか行ったって、僕は母さんが期待してるような成績は取れないし、ジグソーパズルだって妹に負けちゃった。

僕は父さんに全然似ていなくって、頭が悪いんだ。学校なんかに行く意味ないよ！」

何とも胸に刺さる言葉だ。

アメデオは天井を仰ぎながら、努めて穏やかに語りかけた。

「いいか、アデルモ。父さんだって実は、学校の成績は悪かったんだ。それに、ジグソーパズルも苦手だ。

だけど、学校だって仕事だって、諦《あきら》めずに食らいついて努力していたら、ある時から段々できるようになったんだ。

だからアデルモ、きっとお前は父さんに似て、実力が発揮できるのが遅いタイプなんだと思うぞ」

「……本当に？　今は駄目でも……将来は、父さんみたいになれるかな？」

「ああ、なれるとも。父さんが保証する。お前は大丈夫だ」

心の痛む嘘であるが、それ以外にかける言葉が見つからない。

暫《しばら》くすると、ドアが開いて、息子が出てきた。

泣き腫《は》らした顔で、アメデオに抱き着いてくる。

「ごめんね、父さん。心配かけて……」

「よしよし、いい子だ。気を取り直したら、朝ごはんをしっかり食べて、学校へ行くんだ。いいな」

アメデオの言葉に、息子は「うん」と素直に頷いた。

こうして他人の言葉を鵜呑《うの》みにするところも、自分にそっくりだ。

喜ぶべきか、嘆くべきか、アメデオは複雑な心境になりながら、息子の手を引いて、洗面所で顔を洗わせ、ダイニングキッチンへ導いた。

「お早う、アデルモ」

妻が振り向き、飛びきりの笑顔になる。

「お早う、母さん。お早う、アイーダ」

アデルモが少し恥ずかしげに言う。

アイーダは無言で手をひらひらと振った。

アデルモが席に着き、食事を始めると、妻がアメデオの腕を引いて耳元に囁《ささや》いた。

「流石は貴方ね。お見事だわ」

そうして一家は、今朝も無事に食卓を囲んだのだった。


カラビニエリに出勤したアメデオは、机に積まれた事件資料をじっと見た。

意味不明な上に、膨大な情報量のせいで、昨日はすっかり混乱してしまったが、今朝は一つ、学んだことがある。

娘のアイーダの言葉だ。

海の青と空の青を一緒くたにしたまま、パズルピースの形合わせばかり気にして、細かいピース一つ一つを手に取るだけでは、パズルは完成しない。

最初にもっと落ち着いて、全体を見るべきだ。

犯罪のサンプルともいうべき事件資料をちゃんと観察すれば、ヒントも答えもきっとそこに書いてある。

そう考えたアメデオは、できる限りの粘り強さを発揮して、再び資料に取り組んだ。

一つ一つの事件を読み込んでみる。

三時間ばかりそれを続けた後、今度は事件の細かな相違点や気になる謎についてはー旦《いったん》、頭から追い出した。

細部の枝葉にとらわれず、森全体を見るつもりで、改めて、最も不可解な共通点に着目する。

最も不可解な事件の共通点といえば、やはり生霊殺人事件を自白した囚人達が、皆、実際の犯行の手口を知っていて、かつ証拠品を持っているということだ。

それさえなければ、一連の事件は、誰か他のコピーキャットの仕業として片付けられたのだから。

「まずそこが一番大きい謎って訳だよな……。ここから崩していけば……」

アメデオは煙草を一服し、目を閉じた。

（まず、犯人が他にいるとする……。

その真犯人は、収容中の囚人と接触できる人物で、事件の経緯を知らせ、証拠品を渡すことができる人物……。

実際に外で犯行が可能でありながら、刑務所に出入りができる……。

それでいて、今まで誰にも疑われなかった人物……。

（そんな人物とは、一体……？）

アメデオは長く長く考え込んだ。

そうするうちに、ふと暗闇に光が見えた。

（待てよ。いるといえば、いるじゃないか。刑務所の看守だ。看守なら囚人に接触することも可能だし、刑務所の出入りも自由だ！）

アメデオは己の閃《ひらめ》きに、思わず膝《ひざ》を打った。

とうとう事件の謎の大枠は判明したのだ。

（そうだ、看守だったんだ！　だが、そいつは一体、どんな看守だ？）

アメデオは自分なりに書いたメモを見返した。

一連の生霊殺人事件を自供した囚人達は、皆、ラツィオ州に二カ所ある凶悪犯の刑務所に収容されていた。

そのうちキエーザ大臣殺しを自供したロンキのいる刑務所で起きたのが、『娼婦溺《しょうふでき》死《し》殺害事件』『強盗犯焼殺事件』『タクシー運転手一家殺害事件』。

もう一方のゴルガ刑務所で起きたのが、『聖職者串刺《くしざ》し殺人事件』『工事現場爆破事件』。

海の青と空の青が少し違うように、二つの刑務所で起きた事件は、同じ青に見えても、少し違うのかも知れない。

そんなことを考えながら、再びメモを見返すと、ロンキのいる刑務所で生霊殺人事件が起こった時期は、一年半前から現在に至っていた。

もう一方のゴルガ刑務所で生霊殺人事件が起こったのは、いずれも二年以上前だ。

もしかすると真犯人は、別々の刑務所にいる、二人の看守かも知れない。しかし、そう考えるより、むしろ真犯人は、前者四つの事件の時にはロンキの刑務所に、後者二つの事件の時には、ゴルガ刑務所にいたと考える方が自然ではないだろうか。

つまり真犯人の正体とはすなわち、一年半前から二年前の期間に、ゴルガ刑務所からロンキの刑務所へと異動した看守――。

「そうだ、それだ、それだったんだ！」

アメデオは思わず大声で叫んでいた。

諦めずに資料に齧《かじ》り付いた甲斐《かい》があったと、嬉《うれ》し涙が目尻《めじり》に浮かぶ。

（アデルモ！　父さんは遂にやったぞ！）

しかも看守の異動といえば、極めて稀《まれ》なケースである。

調べれば直ぐ絞り込めるだろう。

アメデオは早速、刑務所長のファスト・ドゥーニに電話をかけた。

「カラビニエリのアメデオ・アッカルディだ」

『これはこれは、大佐。何か御用でしょうか。面会人の件は引き続き調査しておりますが、まだ有力な情報はなく……』

「ドゥーニ所長、その件は引き続き調べて欲しいんだが、今日は別件で一つ、訊《たず》ねたいことがあってな」

アメデオは威厳たっぷりに切り出した。

『はい、何でしょうか』

「現在、そちらに勤務中の看守で、一年半前から二年前の間に、ゴルガ刑務所から異動してきた者はいないかね」

『ゴルガ刑務所からですか？　職員のデータベースで調べてみますので、暫くお待ち下さい』

ドゥーニ所長は不思議そうに答えた。

「ああ、頼む」

五分ほど待つと、再びドゥーニ所長が電話口に出た。

『お待たせしました。ええ、確かに一名、クレート・カッラという二十九歳の男性看守が、丁度その頃、ゴルガ刑務所から転勤してきております』

（よし!!）

アメデオはガッツポーズをした。

「ドゥーニ所長、私は今からそちらへ向かう。そのクレート・カッラという看守と話がしたいんだ」

『あの……。彼に何か、問題でもあるのでしょうか？』

「いや、そうじゃないんだが、その辺りの事情は今は話せないし、カッラ本人にも知らせないでくれ。ただ、彼と話せる個室を用意して欲しい。そして私が到着次第、事情を告げずにカッラをそこへ連れてきて貰《もら》いたい」

『……は、はあ……』

「何か問題でもあるかね？」

『いえ、ありません。会議室をご用意しておきます』

「頼んだぞ」

電話を切ったアメデオは立ち上がり、手錠と拳銃《けんじゅう》を確認した後、ポキリポキリと拳《こぶし》の骨を鳴らした。

(さあて、戦闘開始だ。どんな野郎が出てくるか、楽しみだぜ)

9

刑務所の会議室でアメデオが待っていると、ノックの音がした。

「大佐、失礼します」

「入ってくれ」

アメデオの心の準備は既に整っていた。

まず確認すべきは、カラビニエリの制服を見た瞬間のクレート・カッラの反応である。

アメデオは足を肩幅に開いて立ち、左手を腰にあて、威圧的に肩をいからせた。

カチャリと扉が開き、刑務所長に連れられた男が入ってくる。

男はキョロキョロと辺りを見回し、アメデオに気付くと、不安げに眉《まゆ》を顰《ひそ》めた。

看守というからには、屈強な男を予想していたアメデオだったが、カッラは意外なほどに小柄で線の細い男であった。

だが、当然ながら人は見かけによらない。

まさか、と思うような人物が凶悪な殺人鬼だったという例は山ほどある。

アメデオは徐《おもむろ》に咳払《せきばら》いをした。

「ドゥーニ所長は、外していてくれ」

アメデオの言葉にドゥーニは頷《うなず》き、カッラを残して出て行った。

カッラは所在なげに立っている。

「君がクレート・カッラで間違いないかね？」

アメデオが問うと、カッラは「はい」と小声で答えた。

「私はカラビニエリのアメデオ・アッカルディ大佐だ」

するとカッラは丸く目を見開き、大袈裟《おおげさ》に両手で口を覆う仕草をした。

「お名前は存じております。迷宮入りの難事件を幾つも解決された、カラビニエリの伝説の大佐殿でいらっしゃいますよね。

貴方《あなた》のような有名人が、僕なんかに何の御用でしょうか？」

カッラの声は興奮で上擦っていた。

一見、喜びの表現のようだが、大袈裟な演技で動揺を隠している可能性もある。彼はその演技力で長年、周囲を欺いてきたのかも知れないのだ。

「君に色々話を聞きたくてな。まず、その椅子にでも座ってくれ」

「はい」

カッラが会釈をして椅子に座ると、アメデオはその向かいの椅子にどっかり腰を下ろした。

「さてと。君が看守の仕事を始めたのは何時だ？」

「はい。六年と少し前です」

「最初の勤務先は？」

「ゴルガ刑務所です」

「ふむ。そのゴルガ刑務所に収容されていた、クレメンテ・カシーニとファウスト・

チェナーミという囚人に覚えはあるかね」

「はい。生霊殺人を自供した二人です。所内でも大いに話題になりましたから、よく覚えています。所内で生霊の白い影を見た、という噂も有名でした」

「君と二人の囚人が個人的に親しかったとか、プライベートな会話を交わしたことは？」

「いえ、ありません」

カッラは不要品をスパッと切り捨てるかのように、機械的に答えた。本当に会話をしていないのか、それとも逆に、探られて痛い腹でもあるのか。やけに短い答えが、却《かえ》って怪しい感じもする。

アメデオは軽く咳をして、次の質問に移った。

「彼らの刑務所内での態度はどうだった？　特定の者と親しかったとか、印象に残った出来事などはなかったかね？」

「囚人達の間には、派閥やチームのようなものが存在するんです。

例えば元マフィア関係者などには、ハッキリとした派閥がありまして、刑務所内の物流を仕切っている派閥ですとか、食事関係を管理している派閥などがあり、それなりに顔を利かせていたりもします。

一方、チームというのは、主に四、五名からなる仲良しグループといったところで、行動を共にすることが多いです。刑務所内で孤立してしまうと、攻撃や虐《いじ》めの標的になり易いので、自然発生的にそうなっていくんです。

そんなチームにも、よく騒ぎを起こすチームから、大人しいチームまであるのですが、クレメンテ・カシーニもファウスト・チェナーミも各々、大人しいチームに入っていて、特にファウスト・チェナーミは、優等生チームの一員でした。大量殺人犯だというのに、意外だったという印象があります。

あの二人に共通の知人や友人がいたかどうか、僕は知りません。

ゴルガ刑務所の囚人は全員、フランチェスコ・ニコロという、服役中のマフィアのボスに面を通す必要があったそうですが、それはあくまで囚人達のルールで、看守の間ではただの噂でしかなく、僕も詳しい事情は知りません」

カッラは抑揚のない調子で語った。

「ふむ……」

分かったような分からないような、漠然とした話だ。

アメデオは手元のメモに「フランチェスコ・ニコロ」と書いて、話を切り替えた。

「次にこの刑務所に収容中のチリアーコ・アレッシ、バルトロ・アッデージ、カッリャリ・デマルキ、そしてイレネオ・ロンキについて訊《たず》ねるが、君が彼らと親しく会話したことは、あるかね」

「いえ、ありません」

やはり機械的な反応だ。

「彼らの刑務所内での態度はどうだ？」

「極めて従順です。他の囚人とのトラブルも聞こえてきません」

「やはり大人しいチームという訳か？」

「はい。意外ですよね」

カッラは小さく頷いた。

「彼らについての噂話や、印象に残った出来事などは？」

「そうですね……。些細《ささい》なことなのですが、チリアーコ・アレッシと同室の囚人から、文句というか、訴えがあったことがあります」

「ほう、どんな訴えだ？」

「チリアーコ・アレッシが夜中に魘《うな》されて、吠《ほ》えるような大声を出すから、五月蠅《うるさ》くて眠れない。まるで魔物に取り憑《つ》かれたようで、気味が悪いという訴えでした。それで部屋替えを行いました。アレッシを耳の遠い老人と同室にしたんです」

「そんなに魘されるとは、アレッシはどんな悪夢を見ていたんだろうな？」

アメデオが素朴な疑問を投げると、カッラは首を横に振った。

「僕は知りません。看守の中には、囚人と友達のように言葉を交わす者もいますが、僕は彼らと個人的な会話をしませんし、個別の事情にも立ち入りません」

「ほう、そうなのか？」

「ええ。だって怖いじゃないですか。なにせ相手は凶悪犯なんですから」

カッラは淡々と答えた。

アメデオはその時、妙な違和感を覚えた。

看守という職には、警察官と同様、強い正義感の持ち主が就く場合が多い。

以前に見たテレビ番組でも、受刑者を指導して更生させるという責任感や、受刑者と向き合い、関わろうとする熱意、それらを通して社会全体に貢献したいという正義感などを、看守達が口々に語っていたのを覚えている。

無論、現場でそんな綺麗事《きれいごと》ばかりが通じるとは思わないが、アメデオの勘が何かに反応した。

アメデオはカッラの表情をじっくり見詰めたが、彼が単なる無気力な看守なのか、それとも感情の一部が欠如したサイコパス的人物なのか、判別できなかった。

（一体、どこまで本当のことを言ってるのかも、分からんしな……）

そこでアメデオは、いよいよカッラを揺さぶってみることにした。

「さてと。少しばかり素直な感想を聞きたいんだがね。君は、君の知る六人の囚人が生霊殺人を告白したことについて、どう考えている？」

「どうもこうもありませんよ。本当に不思議な事件で、驚くばかりです。看守の中には亡霊のように不気味な唸《うな》り声を聞いた、なんていう者もいますし、本当に怖いです」

カッラは眉《まゆ》を顰《ひそ》め、嫌そうな顔をした。

その時突然、アメデオはテーブルに身を乗り出し、カッラにぐっと迫った。

「成る程、確かに不思議な話だよな。不気味な話だよなあ。

だがな、俺にはもっと不思議で不気味に思えることがあるんだ。

それはクレート・カッラ、他でもない君が勤める刑務所に限って、生霊殺人事件が連続的に起こっているってことなんだよ。

なあ。君は一体、俺に何を隠してるんだ？」

厳しい目で睨《にら》み付けたアメデオから、カッラは怯《おび》えたような顔で身を引いた。

「まさか大佐……。僕が事件に関係しているとお思いなのですか？」

「さあて、どうだろうな……。だが、確かに一つ、言えることがある。

生霊殺人事件は約二年前まで、ゴルガ刑務所で起こっていた。ところがだ。君がゴルガ刑務所からここへ移ってくると、今度はここで生霊殺人事件が起こり始めたんだよ。

看守の異動が、極めて稀《まれ》なケースだってことは、俺も知ってる。

だから聞かせて貰《もら》おう。君は何故、わざわざ刑務所を異動したんだ？

ゴルガ刑務所での犯罪行為に、気付かれそうになったせいじゃないのか？

えっ、どうなんだ！」

アメデオはドンと机を叩《たた》いた。

カッラはみるみる顔を真っ赤にして俯《うつむ》き、小さく震え出した。

（これは……落ちたか？）

そこでアメデオは間髪容《い》れず、今度は優しくカッラに語りかけた。

「正直に言うんだ、カッラ。その方が楽になるぞ」

「…………で、です」

カッラの唇から、震える声が零《こぼ》れた。

「ん？　何だって？　よく聞こえなかったが」

「虐めで、です……。ゴルガ刑務所で、僕は虐めにあっていました。情けない……話でしょう？」

カッラは薄《うっす》らと涙を浮かべ、自分の右足のズボンの裾《すそ》をたくし上げた。

すると彼のふくらはぎがある筈《はず》の部分に、銀色をした細い棒が伸びている。

義足であった。

「あ、足が……不自由だったのか……」

アメデオは呆然《ぼうぜん》と呟《つぶや》いた。

「はい。十三歳の時、交通事故で右足を失いました。膝《ひざ》から下が義足です。看守として就職できたのも、障害者特別枠のお陰です。

この仕事は正直、僕に向いていないと思います。ですが、他に資格もありませんし、経済的安定を考えても、仕事は辞められません。

それでもやはり刑務所は、とても厳しい所です。僕のような弱者は、舐《な》められてしまいます。囚人達からも、看守仲間からも……。

どんどん激しくなる嫌がらせに耐えられなくなった僕は、以前の刑務所長に相談をして、この刑務所へ移して貰ったんです」

「そ……そうだったのか……。一方的に疑って、済まない」

アメデオが頭を下げると、カッラは泣き笑いの表情をした。

「いえ。こんなに地味で弱虫な僕が、まさか世間を騒がす生霊殺人事件の犯人に間違えられるなんて、一生ものの笑えるエピソードになります」

「い、いや、待て。待ってくれ。この話は他言無用で頼む。そ、それに、まだ君を犯人だと断定した訳ではなくてだな……」

アメデオは額の冷や汗を拭《ぬぐ》った。

「分かりました。じゃあ、この話は僕と大佐だけの秘密にしておきます。

折角ですから、捜査にご協力しておきますと、僕は看守用の寮の二人部屋暮らしで、寮は夜九時以降、無断外出禁止です。外出すれば記録が残ります。

夜勤の日のスケジュールなども、全てパソコンで管理されていますから、確認してみて下さい」

「寮で二人部屋か……。ああ、念の為、確認はするが、もう君を疑っていないよ。それよりその……虐めの話までさせちまって、悪かったな。

もう持ち場に戻っていいぞ」

「はい。今日は高名な大佐にお会いできて、光栄でした。僕に自白を迫った時の大佐は、とても迫力があって、格好良かったです」

そう言ってカッラが差し伸べた握手の手を、アメデオは力なく握り返した。

＊＊＊

カラビニエリのオフィスに戻ったアメデオは、デスクで頭を抱えていた。

何かを考えようとしても、頭の中にブラックホールのような渦巻きが起こり、その中を六つの不気味な事件の断片が、猛スピードで飛び交うだけだ。

「くそうっ。もうこれ以上、俺には何も……何も思いつかない……」

アメデオが自分の不甲斐《ふがい》なさに憤り、回らぬ頭をデスクにぶつけた時だ。

ガチャリと音がして、オフィスの扉が開いた。

アメデオは反射的に、デスクの下に落とし物をした演技をした後、きちんと背筋を伸ばして、椅子に座り直した。

すると正面に、薄笑いを浮かべたフィオナ・マデルナが立っている。

「何だ、お前か。入ってくる前に、声ぐらいかけろよ」

苛立《いらだ》ったアメデオの声色に、フィオナはクスッと声をあげて笑った。

「大佐。その様子じゃ、事件解決への進展はないみたいだね」

「笑うなよ。俺だって、真剣にやってるんだ」

「お疲れ様。だけど結局、解決できなきゃ、全ては大佐の汚名になっちゃうよ。貴方《あなた》が事件の責任者なんだから。そうしたら困るのは、大佐自身なんじゃないの？」

「……そっ……それは……」

「きっとネットニュースとかタブロイド紙にも、どーんって出るよ、大佐の写真が。『キ町の電光掲示板なんかにも流れるんじゃない？　ヘッドラインはそうだなあ、『キエーザ大臣殺しは生霊の仕業！　アメデオ大佐、為《な》す術《すべ》なく生霊に惨敗す！』とかさ」

フィオナは中空に掌《てのひら》を広げて、大見出しが走る様子を示した。

「嫌だ……それは嫌だ……」

アメデオは駄々っ子のように、頭を横に振った。

「だったらさ、なんで今になって、そんなに格好つける必要があるのさ。これまでずっとマスターを頼ってきた大佐が、急に名探偵になれる訳ないじゃない。いいから、さっさとマスターにお願いしたら？」

「ふん。そう言って、俺の立場を心配してる振りをしたって分かるぞ。お前はただ、ローレンに会いたいだけなんだろう」

「そりゃあ当然そうさ。だけど、ボクが概《おおむ》ね大佐の味方だっていうのも嘘じゃないし、ボクは大佐の周りにいる取り巻きの人達と違って、ハッキリ正直にこう言ってあげられるよ。大佐には、この事件の解決は無理だ。素直になって、マスターに連絡を取ろう」

「……」

「ぐずぐずしてると、どんどん立場がマズくなるって、もう分かってるだろう？」

フィオナの言葉に、アメデオは、はあっと長い溜息《ためいき》を吐いた。

確かに、認めざるを得ない。

自分にこの事件の解決は無理だ。

今の地位を守り、家庭の平和を守り、家族と世間から後ろ指を指されない為には、これまで通りやるしかない……。

アメデオは決意して立ち上がり、部屋の金庫の奥から、一枚のカードを取り出した。

以前の事件の少し後、アメデオのオフィスに送られて来たローレンの連絡先だ。

アメデオはメールソフトを起動し、アドレスを打ち込んだ。

そしてただ一行の文章を送信した。

難事件発生。助力をお願いする。アメデオ

10

明日午後六時。ローマのホテル・コンコルディアのインペリアルスイートへ、事件関連書類を全て持参されたし

件名も差出人名もない、短いメールが届いた。ローレンからだ。

アメデオのパソコンを覗《のぞ》き込んでいたフィオナの顔が、ぱっと輝く。

「直接来てくれるんだ。嬉《うれ》しいな。おめかししなきゃ」

「おいおい、遊びじゃないんだぞ」

アメデオが呆《あき》れた口調で言うと、フィオナは怠《だる》そうな目でアメデオを見た。

「そんなことは重々分かってるよ。大佐こそ、資料を忘れないでよ」

アメデオは机の上に築かれた資料の山に、溜息を吐いた。

「これを全部持ってこいってか……」

「宅配業者にでも頼んだらどう？」

「ううむ。そうだな。部下にやらせる訳にもいかんし、手配しようか」

アメデオは早速、宅配業者に集荷を依頼し、荷物は明日午後六時迄《まで》に必ずホテルへ届けるようにと念を押した。

「明日の準備があるから」と、フィオナが足取り軽くオフィスを出ていく。

そして暫《しばら》くすると、宅配業者がやってきた。

業者が荷物を段ボールに詰め、台車に積み込んでいく。その時、部下のガリエ中尉が廊下を通りかかった。

「どうされたのです、大佐。事件資料を何処かに持っていくおつもりですか？」

「う、うむ。推理を働かせるには、ここは雑音が多くてな。じっくり考察する為に、ホテルに籠《こ》もるんだ」

アメデオが冷静を装って、咳払《せきばら》いする。

「成る程。確かに難事件ですものね。しかし、仰《おつしや》って下されば、私が手伝いましたのに」

「いや、いいんだ。君には君のやるべき仕事に集中して貰《もら》いたい」

アメデオの咄嗟《とっさ》の言い訳に、ガリエ中尉は感動した様子で頬を上気させ、「はっ」と敬礼した。

「大佐のお心遣いに感謝します」

何やら上手《うま》く納得して貰えたようで幸いだ。

安堵《あんど》したアメデオは、そのまま帰宅し、翌日を待つことにした。


翌日は、時計ばかりを気にして勤務時間を過ごし、迎えに来たフィオナと共にカラビニエリを出る。

ホテルに着き、フロントの係に案内されて、最上階でエレベーターを降りる。

すると、一目でボディガードと分かる黒服の男達が、エレベーターホールに屯《たむろ》していて、案内係を丁重に送り返した。

「お名前をどうぞ」

ボディガードに言われ、二人は名を名乗った。

「アポイントメントがあるとお聞きしております。どうぞこちらへ」

ボディガードの男は、軽く会釈して廊下を進み、大きなドアの前に仁王立ちしたボディガードに目配せをした。

静かにドアが開かれる。

そこには以前も執事のようにローレンの側にいた、品のいい紳士が立っていた。

「ようこそ。ナカモト様がお待ちです」

紳士はそう言うと、アメデオとフィオナを中へと招き入れた。

まるで高級クリニックの待合室かと思うような、大型テレビとソファセットが幾つも並んだ通り道を進み、市街を一望できる大きな窓のあるリビングに辿《たど》り着くと、小柄な東洋人が腕組みをして、窓の前に立っていた。

暗号資産であるビットコインの発案者と言われているサトシ・ナカモトの姿をしたローレンだ。

アメデオ達は普段のローレンが何処で何をしているのか全く知らないが、こうして街に出てくる時は、特殊な変装をしているようだ。

広々としたリビングにはシャンデリアが輝き、壁には見たこともない絵画が飾られている。やたらに長いテーブルには八つの椅子がセットされていて、王室の食卓のような雰囲気があった。

「二人とも、ひとまず座ってくれ」

ローレンがテーブル席を視線で示す。

（この部屋、一泊幾らなんだ？）

アメデオは意味もなくそんなことを考えながら、席に座った。

その隣にフィオナが座り、ローレンは二人に向かい合って座る。

「マスター、久しぶりだね。ボク、会いたかったよ」

フィオナは、恋する乙女のような熱い視線をローレンに向けている。

「ああ、そうだな」

ローレンの答えは、相変わらず手短で事務的だが、フィオナはそれでも感動している様子だ。フィオナのローレンに対する傾倒ぶりは、アメデオにとって謎だった。

(本当に変わった女だな……)

呆れているところに、紳士が紅茶を運んできた。ガラスのティーポットの中で、薔《ば》薇《ら》の蕾《つぼみ》が揺れている。

紳士はそれをカップに注ぎ、三人の前に置いた。

アメデオは喉《のど》を湿らせようと、ローズティーを一口飲んだ。何とも上品で心地よい香りがふわりと広がっていく。

(流石にいい茶らしいな)

そして無言の時が流れた。ローレンは余計な会話をしないし、フィオナは、ひたすらうっとりとローレンを眺めている。いつものことだ。

暫くすると、遠くでドアを開ける音がして、足音が聞こえてきた。

手に手に段ボールを抱えた黒服の男達が、紳士に案内されながら入ってくる。

男達はそれを床に置くと、また、一人一人出ていった。

紳士が段ボールを開封し、テーブルの上に六つの書類保存箱を並べていく。

「さて。事件資料はこれだけかな？」

「ああ。俺が今、担当している生霊殺人事件の資料が一つと、州警察から預かった、それに類似した事件の資料が五つ。それぞれの保存箱に入っているんだ」

アメデオの言葉に、ローレンは頷《うなず》き、手前の保存箱の蓋《ふた》を取った。

「数が多いから、私とフィオナで別々の資料から読んでいこう。全てを読み終えたら、答え合わせだ。アメデオ君はもう読んだのだろう？」

「あ、ああ。一応……」

ローレンの無機質な声に自信を無くしながら、アメデオは曖昧《あいまい》に頷いた。

「じゃあ、ボクはマスターと逆側の箱から読むね」

二人が資料を読み始める。

アメデオは何もすることがない。

ただ、紅茶を飲みながら、資料を繰る二人を眺めているだけだ。

それにしても驚くのは、二人の資料を読む速さである。

自分があれ程読むのに苦労した資料を、速読術でも心得ているのか、恐ろしい速さでページを繰っていく。

（二人ともあれで本当に読んでいるのか？）

アメデオは、そんな疑いすら持ちながら、驚嘆の念を抱いていた。

ローレンが先に三箱分の事件資料を読み終わり、頬杖《ほおづえ》をついて瞑想《めいそう》をしているような時間が三十分ほど過ぎたところで、フィオナが読み終わる。

そうすると、二人は資料を交換して、また読み始めた。

日暮れまで、それは続いた。

紅茶で腹が膨れたアメデオにとっては、長い時間であったが、資料の量を思えば、それだけの時間で読み込んだのは驚きでしかない。

「成る程。コピーキャット事件か」

ローレンは呟《つぶや》いて、アメデオを見た。

「あ、ああ。犯人が生霊じゃないとすれば、模倣犯ってことになる。だが、州警察の調べでも、それらしき犯人に全く見当がつかんのだ」

「面白い事件だよね」

フィオナが声を弾ませる。

ローレンは頷いて、唐突にアメデオに問いかけた。

「それでは、アメデオ君。君が行った捜査について話してくれ」

アメデオは、その言葉に一瞬、顔を歪《ゆが》めた。

自分の行った見当違いな捜査のことなどを話しても、茶化されるだけだと思ったからだ。

口ごもったアメデオに、ローレンは尚《なお》も追い打ちをかけた。

「どうしたんだい？　一応、君の行った捜査もデータの一部だ。きちんと話してくれたまえ」

アメデオは渋々、自分が捜査した内容を、ローレンとフィオナに語って聞かせた。

これを言ったら、笑われるんじゃないかと、逐一、冷や冷やするが、二人は顔色一つ変えずに聞いている。

それが却《かえ》って不気味である。

話を終えたアメデオは、どんな言葉を浴びせられるやらと、厭《いや》な気分になって、溜《ため》息《いき》を吐いた。

「それが君が捜査して判明したことか」

ローレンの呟きに、アメデオは自嘲《じちよう》した。

「ハハッ、そうだよ。まるっきりの見当外れだ……」

すると、ローレンとフィオナは互いに顔を見合わせた。

「いや、君にしては意外によく捜査している」

ローレンが思わぬことを口にした。

「そうだね。大佐にしては、脱線していないと思うよ」

フィオナも同意する。

二人の言葉に、アメデオは驚きながらも、少し舞い上がった。

「そっ、そうか？　そうなのか？　なら、やっぱり怪しいのは、看守のクレート・カッラか？」

前のめりに言ったアメデオだが、ローレンは冷たく首を振った。

「それは違う。犯人が刑務所と外を自由に出入りできる人間だというのは確かだが、その看守ではない。

これだけの数の事件を起こしながら、手掛かり一つ与えない完全犯罪を遂行できる犯人像とは、フィオナ、君ならどう思い描くね？」

ローレンがフィオナに視線をやると、フィオナははにかみながら頷いた。

「ボクの予想する犯人像は、計画性の高い、知的な人物。それなりに知的な職業についていると思われる。そして、被害者に成人男性が複数いることや、その犯行方法から見て、フィジカルに自信があるタイプだ。成人男性を襲って、反撃を恐れないとなると、恐らく、何らかの格闘技をしているか、その経験があるかだろう。背丈は百九十センチ程度あるんじゃないかな。

そして、事件現場から徹底的に証拠を消す能力は、事件に限って現れたものじゃないと思うんだ」

「ん？　どういう意味だ？」

アメデオが疑問を挟む。

「犯人は日頃から、相当な……というか、極度の潔癖症である可能性が高いと思う。どんなに完全な犯罪を考え、予《あらかじ》め証拠を消す計画をしていたとしても、実際の犯行現場では不慮の事柄だって起こる筈《はず》さ。そんな時でも、指紋や靴跡、髪の毛の一本に至るまで気を遣うことができる人物とは、日頃からそうしたことに極度に敏感なタイプだろう。

あとは、犯行時刻が深夜から朝方にまで広く及んでいることから見て、犯人の行動を束縛する環境がない。つまり独身である可能性が高い。

落ち着いた犯行をしているところから見て、十代や二十代の若者である可能性は低い。三十代以上。フィジカル面から見て、五十歳より上じゃないと思う。

女性に対する加害行為に及ぶ犯人は、自分と同じ人種を標的に選ぶことが多いという統計があることから、白人かもね。

つまり考えられる犯人像は、刑務所に自由に出入り可能な知的職業の人間で、恐らく白人で、潔癖症で、背が高く、格闘技をしていた経験があり、三十代以上五十歳以下の独身男性だろうということさ」

「資料を読んだだけで、そこまで分かるなら、どうして最初から俺をサポートしてくれないんだよ！」

アメデオが思わずテーブルを叩《たた》くと、フィオナは肩を竦《すく》めた。

「マスターの案件じゃなかったら、ボクと大佐はパートナーじゃないからね」

アメデオは憤慨の鼻息を吐いた。

「ふん。まあいい。犯人の特徴は分かったが、問題はどう犯人を絞るかだ」

アメデオがフィオナを睨《にら》みつけると、フィオナは薄く微笑んだ。

「それならボク、大いに自信があるよ」

「どういうことだ？」

「ほらさ、大佐は、かつて切り裂きジャックを模倣した事件の犯人が、コピーキャットは『愛だ』って答えたって話をしたでしょう？」

「ああ、惚《ぼ》けた爺《じい》さんの世迷《よま》い言《ごと》だろう」

「そんなことはないよ。その言葉は真実を言い当てていると思うんだ。コピーキャットの本質は愛なんだ」

「何だって？」

アメデオが首を捻《ひね》った時、ローレンがノートパソコンを弄《いじ》り始めた。

何かを探っているようだ。

「大佐はさ、生霊殺人事件の元になった連続殺人犯達、つまり『娼婦溺死殺害事件《しょうふできし》』『強盗犯焼殺事件』『聖職者串刺《くしざ》し殺人事件』『工事現場爆破事件』『タクシー運転手一家殺害事件』の犯人達が、裁判に先立って受けた精神鑑定の資料を読んだ？」

フィオナの不意の問いに、アメデオは思わず視線を泳がせて頭を掻《か》いた。

「あ……ああ、まあな。だが、それはあくまで過去の事件に関する資料だ。今回の真犯人であるコピーキャットとは別人の精神鑑定なぞ、大した意味があるとは思えんが」

それを聞くと、フィオナは大きく溜息を吐いた。

「本当はちゃんと読んでいないんでしょう？　いい、大佐。ボクが思うに、その資料こそ、今回のコピーキャットの正体を絞り込む手掛かりなんだよ」

「手掛かりだと？」

「そうさ。例えば大佐、イレネオ・ロンキの連続殺人の動機は、何だったと思う？」

アメデオは、ロンキの元恋人や姉から聞いた話を思い浮かべ、暫《しばら》く考えた。

「幼い頃に養親から受けた虐待じゃないか？　釘《くぎ》打ち機で犯行を繰り返したのは、背信行為をした被害者に、義理の両親の像を重ねていた……とか」

「あ。そこは分かるんだ」

「そのぐらいは俺だって、見当はつく」

「なら、話を続けるね。

『娼婦溺死殺害事件』の犯人、チリアーコ・アレッシの母親は娼婦で、父親は誰かも分からない生まれだった。母親は重度の麻薬中毒患者で、商売に出るとチリアーコがいるにもかかわらず、何日も家を空け、その間、彼は飢えて待つだけだった。けど、それはまだマシで、母親は度々癇癪《かんしゃく》を起こす人物で、チリアーコを水を張ったバスタブに沈めて、窒息させるという暴行を何度も繰り返した。

人生の中で最も辛《つら》かったのはその時期で、母親が中毒症で死んだ時には、ほっとしたと、チリアーコは告白している。

『強盗犯焼殺事件』の犯人であるバルトロ・アッデージの一家は、自宅に強盗に入った四人組の犯人に重傷を負わされ、さらに物的証拠を隠蔽《いんぺい》する為、自宅に火を放たれた。バルトロは運良く助かったが、妻と娘は亡くなっている。

つまりバルトロ・アッデージもまた、凄絶《せいぜつ》な事件の被害者であり、彼が強盗犯を憎んだのは、当然の結果だったと言える。

そして、『聖職者串刺し殺人事件』の犯人、クレメンテ・カシーニは、幼い頃から通っていたカソリック教会の司祭から、何度も性的暴行を受けていたという。それが元で、彼は鬱病《うつびょう》を患い、長い間不登校を繰り返し、成人してからも職につくこともなく、カソリックの司祭を恨み続けていた。

『工事現場爆破事件』の犯人、ファウスト・チェナーミは、中東系の移民の子で、幼い時、ビジネスビザを取得した母親と共に、イタリアにやってきた。

そして、母の知り合いのイタリア人から紹介された小さな住宅に住んでいたが、そこが都市開発の計画地になってしまう。多くの住人達は、居住権の譲渡金を政府から貰《もら》って立ち退いたけれど、イタリア国籍でなかった彼らは、無一文で放り出された。突然、住む場所を失い、間が悪いことに、母親は働いていた飲食店からも解雇され、母子《おやこ》は暫く路上生活を強いられた。その過酷な生活が祟《たた》ったのか、母親は病に倒れて死亡。ファウストは養護施設に送られ、その後、養子として現在の両親に引き取られて、イタリア風の今の名前に改名しているんだ。そんな事情から彼は、都市計画に基づいた工事を行っている作業員を見ると、怒りが抑えられなくなったと語っている。

『タクシー運転手一家殺害事件』の犯人、カッリャリ・デマルキも、もともとは被害者だった。彼は危険運転をしていた車に目の前で妻子を轢《ひ》き殺されている。その時の運転手は、運転免許取り上げの上、過失致死の有罪で五年の刑を受けたけど、カッリャリの心の傷は癒《い》えなかった。彼は頻繁にタクシーを利用するようになり、危険運転をしている運転手に遭遇すると、怒りを抑えられなくなって、山奥に誘導し、殺害に至ったと告白している。

これらを見る限り、彼らは快楽目的に殺人を犯す、無差別殺人犯じゃない。むしろ過去の虐待や事件の被害者であり、通常は大人しく素行のいい、一般人だ。

だからこそ、刑務所では模範囚となっているんだ」

「そいつは納得いかないな。いくら自分が辛い目にあったからって、無関係の他人を殺していい筈がない。そんな奴を被害者とは呼べんよ」

アメデオは眉《まゆ》を顰《ひそ》め、首を横に振った。

「大佐、本当に想像力がないんだね。幼い頃に何年にも亘《わた》って、暴力的な被害にあったり、愛する家族が目の前で殺されたりした人の気持ちを想像できる？」

「まあ、そりゃあ当然、辛いだろうよ」

「辛いなんてものじゃないよ。それは充分にPTSDになる出来事さ。心的外傷後ストレス障害といって、生死に関わる強烈なトラウマ体験をしたり、目撃したりすることによって生じるストレス症状群のことだ。主な原因としては、戦争体験、大災害、暴力的犯罪、幼少期の虐待、性被害なんかが挙げられる。

そうしてPTSDを発症した者の毎日は地獄になるんだ。

年月が経っても、その過去は決して清算されることがない。何故なら、彼らは毎日のように、自分の恐怖体験を悪夢として見たり、不意に当時の苦痛の記憶と恐怖の感情が蘇《よみがえ》ったりするからだ。辛い記憶は何度も再体験され、膨れ上がっていく。自分の意志では、その苦痛から逃れられない。生き地獄さ。

そして恐怖感、無力感、羞恥《しゅうち》、怒り、悲しみといった感情に圧倒されたり、健忘や回避という症状が生じたり、睡眠障害を起こしたり、常に神経が張り詰めて過剰な警戒心を抱いたり、一寸《ちょっと》した物音にもビクッと怯《おび》えたり、物事に集中できなくなったりして、社会生活や日常生活に影響が出る。鬱病やパニック症候群を発症する者は五割以上と言われ、妄想性障害を発症する者もいる」

アメデオはフィオナの話を聞きながら、ロンキの姉が毎夜悪夢を見ると語ったことや、チリアーコ・アレッシが夜中に魘《うな》されて、吠《ほ》えるような大声を出すという証言を思い出していた。

フィオナは小さく咳払《せきばら》いをして、話を続けた。

「PTSDの治療は、鬱などの症状を和らげる薬物療法と、様々な心理療法が併用されるのが一般的だ。けど、患者の海馬に萎縮《いしゅく》が認められるといった、脳の器質的障害を伴うケースも少なくないことから、慢性化した患者を寛解させることは、実際かなり難しいんだ。

当然、治療を拒んだり、効果がないと考えて途中で止めたりする者もいる訳だしね。

それでも当の本人は辛い症状と恐怖を克服しようとするから、中には自分なりの解決策を取る者もいる。例えば、自分が最も恐怖を覚えた場面や人物に近いものを、支配したり、破壊したりすることによって安心感を得る、とかね。

彼らの連続殺人事件は、そういった行為の一環だ。一種の復讐《ふくしゅう》とも言えるかも知れないけど、ボクはそんな浮ついた言葉で、彼らを語りたくはないよ」

「じゃあ、お前は連続殺人犯達の肩を持つってのか？」

「いや、そうは言っていないよ。理由はどうあれ、殺人は法的にも間違った行為さ。ただね、大佐。そんな彼らにとって、彼らのコピーキャットがヒーローだったという心理は、有り得たと思うんだ」

「うん？　コピーキャットがヒーローだと？」

アメデオは大きく顔を顰《しか》めた。

「普通のヒーローというと、人格者であり、力や知識が他人より優れ、人々と社会の為に悪と戦うイメージがあるけど、その一方、目的達成の為なら手を汚すのも厭《いと》わない、ダークヒーローが、近年とても人気を得ているのを知ってるかい？

例えば、『バットマン』のジョーカーや『スター・ウォーズ』のダース・ベイダーなんかがそうだけど、彼らが戦う理由は、私怨《しえん》や逆恨みや我欲だったりするものの、彼らの行動が現体制を破壊し、社会に新たな変化をもたらすという描かれ方をしたりもする。

デンマークはオーフス大学の研究によれば、千八百人余りの被験者を対象に、映画の悪役をどれほど理解できるかのアンケート調査を行ったところ、悪役を強く好む被験者には、ナルシシズム、マキャヴェリズム、サイコパシーの特徴が強く見られたというね。

ダークヒーローを好んだり応援したりした人々は、自らの内に、他人と異なる精神傾向があったり、社会への不満が大きかったりして、そのせいで社会から孤立していると感じている者が多かったんだ。そうした人々は、カリスマ的な悪役に一体感を抱く傾向が強かったというのさ」

「それはつまり、犯罪者の要素がある人間は、犯罪者に惹《ひ》かれるってことか？」

「ボクの意見は少し違うけど、確かにそういう解釈をする研究者もいるね。

話を少し戻すけど、自分が恐れたり憎んだり、呪縛《じゅばく》から離れられないほどに執着してしまう人物や事柄に対し、自分が味わった恐怖と同等のものを味わわせたという意味においては、連続殺人犯達は犯行時、満足感やカタルシスを感じただろう。

だけど、彼らの犯罪は、完全犯罪には至らなかった。何しろ、罪が暴かれ、服役しているんだからね。

そんな彼らにとって、今回のコピーキャットは、自分自身の代理人なんだ。自分達のやるせない思いを受け止めてくれ、理解してくれ、それを自分達が行った犯罪よりスマートに、完璧《かんぺき》にやり遂げたんだ。

そのニュースを知った彼らはスッキリしただろうね。自分達の抱えるストレスを、自分達より正しい形で解消したからこそ、彼らは真犯人をダークヒーローだと感じたんだ。

きっと模倣犯も、彼らの苦しみを受け取り、彼らの偉業を受け継ぐべく犯罪を行ったんだろう。だからこそ、コピーキャットは『愛』なんだよ。

愛には色んな表現方法があるだろう？　ちなみに大佐の場合は、どんな感じな訳？」

「おっ、俺か？　それはまあ……家族を旅行に連れていくとか……ってか、何の話だよ」

「だから愛情表現の話だってば。一連の連続殺人犯達に、今回のコピーキャットがどんな形で『愛』を表現したか。それが犯人像を絞り込む手掛かりだって、話をしてるんじゃない」

「殺人事件がどう愛情表現になるかなんて、俺には想像できないぞ」

「そう？　ボクには分かるよ。

例えば、『娼婦溺死殺害事件《しょうふできし》』の場合、模倣の対象となったチリアーコ・アレッシは、母親と顔立ちのよく似た娼婦に狙いを定めて殺害していただけだけど、コピーキャットの犯行では、被害者に子がいて、虐待されていた形跡があったと報告書にある。

その子は今、児童養護施設に預けられているんだ。

つまりこのケースの被害者は、まさしくチリアーコ・アレッシが憎む母親と同じことをしていたんだ。

『強盗犯焼殺事件』の場合、模倣対象となったバルトロ・アッデージは、強盗犯なんていずれ誰かを殺すような人間だと思い込み、犯行を重ねただけだけど、コピーキャット事件で殺された被害者、アルミロ・コルギは、そのものずばり、かつてバルトロの一家に強盗に入った中の一人だ。他の三人は逮捕、求刑されたけれど、十三歳で最年少だったアルミロは少年刑務所に入っただけで、三年で仮出所したところだった。

彼はまさに、バルトロが本当に殺したかった人物だったのさ」

「おい、一寸待て。そんなことは資料に書いてあったか？」

「ああ……そう言えば、アルミロ・コルギの名前は、裁判関係の書類には表記されていなかったっけ。だけどボクはボクのコネを使って、当時の精神鑑定の担当者だった精神科医に連絡を取って、直接聞き込んだんだ」

「えっ、いつの間にそんな……」

「昨日だよ。『明日の準備がある』って、ボク言ったでしょ？　マスターに会えるからには、できる限りの準備をしておかないとね」

フィオナは蕩《とろ》けるように微笑んだ。

「お前に、そんなコネがあったとはな……」

アメデオは感心したように言い、腕組みをした。

「これでもボク、プロファイラーとしては、それなりに信用あるんだよ。

それはさておき、『聖職者串刺《くしざ》し殺人事件』の犯人、クレメンテ・カシーニは、聖職者を銃で殺してから、肛門《こうもん》に鉄パイプを刺していたけれど、コピーキャットは、生きている状態で焼けた鉄パイプを肛門に突き刺して殺している。これはクレメンテにとっては、まさに性的暴行を受けた時の恐怖を被害者に味わわせることができたと感じられただろう。

『工事現場爆破事件』のファウスト・チェナーミは、都市計画による工事現場と見れば、ほぼ無差別に嫌がらせや機材の盗難、破壊などを繰り返していたけど、コピーキャットは違う。移民の多い地域で、公共事業の建設現場を大爆発させたんだ。その手口はファウストにとって、さぞ溜飲《りゅういん》が下がるものだったことだろう。

そして『タクシー運転手一家殺害事件』のカッリャリ・デマルキは、危険運転の車に、目の前で妻子を轢《ひ》き殺されていただろう？　だからコピーキャットは、危険運転を行う運転手に、デマルキと同じ苦しみと悲劇を味わわせたんだ。

ロンキの場合もそうさ。彼が幼い頃に受けた苦痛を、被害者を釘《くぎ》打ち機で一発でしとめるのではなく、じわじわと責めさいなむことで、再現させている。

こんな行動ができたのは、コピーキャットが、連続殺人犯達の思いを深く汲《く》み取っていた証《あかし》だ。

つまりは深い愛情表現に他ならない」

「ううむ。ろくでもない愛情表現だな」

「そうかな？　でもそのことによって、一つの効果が得られたんだよ」

「効果？」

「うん。連続殺人犯達が、コピーキャットの行った犯罪を自分の仕業だと告白したのは、それだけ事件が連続殺人犯達にとって、自分が犯した罪だと告白しても満足のいくものであったか、自分が犯したとしか思えないくらいのものだったからだろうと、ボクは推測するよ」

「ふうむ……何とも奇怪な心理だな……」

「人の心っていうのは、そもそも奇怪なものさ。でもこれだけ、連続殺人犯達の心に響く犯罪を遂行できたのは、コピーキャットが完全主義だったというだけじゃ説明できない」

「というと？　どういう意味だ？」

アメデオが身を乗り出すと、フィオナはじらすかのように黙り、紅茶を一口飲んだ。

そして不思議な灰色の瞳《ひとみ》で、アメデオを見た。

「ボクが思うに、連続殺人犯の心をこうも巧妙に理解し、体現することができる人間と言えば、ボクと同類の人間なんだ」

「お前と同じ？」

お前と同じ変人か、と言いかけた言葉を、アメデオは途中で飲み込んだ。

「うん、職業の話さ。要するに、コピーキャットは精神科医かカウンセラーじゃないかってこと」

「つまり真犯人は、連続殺人犯達がいる二つの刑務所に出入りしている、精神科医かカウンセラーだってことか！　それなら確かに、かなり絞り込めるぞ」

アメデオが大きく手を叩《たた》いた時、パソコンを見ていたローレンが呟《つぶや》いた。

「ダンテ・ガッロ。精神科医。囚人らがいる刑務所で、週一回、カウンセラーとしての仕事をしている」

実行犯はダンテに間違いないだろう。だが、それをどう立証するかが問題だ」

ローレンの琥珀色《こはくいろ》の瞳が、アメデオとフィオナを射貫《いぬ》いた。

11

ダンテはいつものように、朝六時に目覚めた。

起きてパジャマのまま、部屋の中を一時間半かけて清掃する。

そして洗面台に立った彼は、髭《ひげ》を剃《そ》り、歯磨きをした後、洗面台を綺麗《きれい》に水で流し、ペーパータオルで水滴を拭《ふ》き取った。

パジャマを脱ぎ、背広に着替える。

今日の予定を確認してみると、五人の受刑者がカウンセリングを望んでいる。

その内の一人は、あの男だ。

ダンテは家を出て車に乗った。

小一時間走って刑務所に着くと、早速、診療室へと向かう。

受刑者のカウンセリングは、プライバシーに配慮して、見張りや第三者がいない環境で行われる。

勿論《もちろん》、受刑者は看守に連れてこられるのだが、看守は診療室のドアの外で待機することになっている。

この日も、ダンテが診療室入りするなり、受刑者が入れ替わり立ち替わり、連れてこられた。

刑務所での人間関係に悩む者。

犯した罪を、悪夢で何度も見る者。

家族に連絡を取ろうとしても拒否される者。

看守から虐《いじ》めを受けていると訴える者。

カウンセリングの内容は、それぞれである。

そうして、ついにその男の番がやってきた。

看守に連れられ、元司祭らしい柔和な笑みを湛《たた》えた男が、ドアから姿を現す。

看守はそのまま外に行き、男だけがダンテの前に座った。

「こんにちは、ボニート氏。今日も罪の根源を見つけたのですか？」

ダンテは、いつもの挨拶《あいさつ》から入った。

「そうだよ。大きな罪の根源を見つけたんだ。君は知らないかな？　精肉店の冷凍室に、肉と一緒に人を吊《つ》るして凍死させてきた連続犯のことだ」

ボニートはテーブルにゆったりと肘《ひじ》を突いた。

「ええ、聞いたことがありますね」

「彼がこの刑務所に入ってきて、彼を犯行に及ばせた罪の根源について話してくれたんだよ」

「それで罪の根源は何だったんです？」

「彼は幼少期、弟と一緒に、酷《ひど》い虐待を義理の父親から受けていたんだ。この義父が精肉店を営んでいてね、彼らは義父の意に沿わないことをすると、縛り上げられ、冷凍室に二人で吊るされた。

普段は殺さぬように頃合いを見て義父が迎えに来て、罰は終わりだったんだが、ある日、とうとう弟が凍死してしまったんだ。

義父と実の母親は、弟の死について『誤って冷凍室に入ったのを知らなかった』と口裏を合わせた。そして彼にも同様の証言を強要したんだ。

　彼はそれからすぐに家出をして、路上生活者となった。そして少年ギャングとなって、マフィアの一員となる。気に入らないもの、敵、自分を裏切った恋人、そういった輩《やから》は、全て凍死させてきた。それが一番、残酷な死に方だと思っているからだ。

　だが、彼の心の傷はまだ癒《い》えていない」

「まだ悪の根源を滅ぼしていないからですね」

「そうだ。神は悪を根絶するように望んでおられる。幸いなことに、彼が次に吊るす筈《はず》だった冷凍室の場所と、鍵《かぎ》を預けてあるロッカーを聞くことが出来た」

「成る程、それを教えて頂けますか？　私になら悪を根絶させることが出来ます」

「ああ、お願いするよ。君はまさに理想的な神の使徒だ。神の力によって本当の悪を滅ぼすことが出来ると、彼に伝えておこう」

　そう言うと、ボニートはダンテの耳元に冷凍室がある精肉店の場所と、ロッカーの場所、そして開け方を囁《ささや》いた。

　カウンセリングが終了すると、ダンテは素早く行動した。

　まずはロッカーから鍵を取り出し、続いて精肉店の確認である。

　郊外の小工場が並ぶ一角にあるその精肉店は、すっかり廃れていて、暫《しばら》く使われた様子が無かった。

　ダンテは手にした鍵で無人の精肉店に入っていき、冷凍室をチェックした。

　中はがらんとして薄暗かったが、部屋の電源スイッチを押すと、電気が灯《とも》り、ひんやりとした空気が流れ始める。

（ちゃんと機能しているな）

　ダンテは冷凍室を冷やしておく為、電源のスイッチは入れたままにして、精肉店を後にした。

　自宅に戻ったダンテは、早速、パソコンで『連続凍死殺人事件』を検索した。

　四度に亘《わた》る犯罪で、犯人の名は、イザッコ・アルファーノ。

　どんどん情報を手繰っていき、イザッコの義父の名はアベーレ・アルファーノ、六十歳であり、現在は小さなデリカテッセンを営んでいることが分かった。

　店の住所などを確認し、電話を入れてみる。

『はい。こちらボナカーネ・デリカテッセン』

「そちらにお伺いしたいのですが、何時まで営業していますか？」

『七時までだが』

「七時ですか、分かりました。ありがとうございます」

　ダンテは電話を置き、明日の段取りを頭の中で考えながら、水槽の中の魚に餌をやり始めた。

翌日。早めに診療室を閉めたダンテは、ボナカーネに七時に着くよう車を走らせた。

八時半に店のシャッターが閉まり、初老の男が店から出てくる。

アベーレ・アルファーノに違いない。

アベーレが歩き始めたので、ダンテは車から降りて徒歩で後を付けた。

十五分ほど歩き、アベーレが入っていったのは、一棟のアパルタメントである。

ダンテは周囲に目を配り、監視カメラなどが無いかどうかを確認した。

幸いなことに、アベーレの店からアパルタメントまでの間には、監視カメラが設置されていない。

(これはかなり楽だな)

次に、ダンテはアパルタメントのポストボックスの表示から、アベーレが四〇三号室に住んでいることを確認した。

だが、部屋に入り込んでアベーレを連れ出すのは、リスクが高い。

道中での待ち伏せが一番いいだろう。

そこでダンテは、再び店までの道を歩きながら、最も人目に付かない場所を見つけることにした。

店からアパルタメントまでの道は狭く、余り人通りが無い。誘拐にはもってこいであった。道路脇に車を停めておき、素早く車に引きずり込めば問題なさそうだ。

ダンテは計画を明日、実行することに決め、念の為に偽造身分証明書を使って、レンタカーを借りた。

そして自分の車はパーキングエリアに残し、レンタカーで家に帰ったのだった。


犯行当日の夜。ダンテは、レンタカーで家から出発した。

暗く狭い道に、八時前から車を停めて、アベーレがやってくるのを待つ。

一人、二人と通行人が車の脇を通ったが、特にこちらを気に留めてはいないようだ。

そうする内に、アベーレが歩いてきた。

ダンテは車から飛び出して、アベーレを車に引き込み、頸動脈《けいどうみゃく》を圧迫して気絶させた。

ダンテが得意とする柔道の技だ。無防備な状態の人間にかけると、一分もたず気絶する。

ダンテは、助手席で気絶しているアベーレを、用意してきた縄で縛り上げた。

そして車を精肉店へと飛ばす。

アベーレを肩に担いで、精肉店の鍵を開けたダンテは、アベーレを冷凍室に吊るすべく、店の奥へと足を進めた。

そして冷凍室の前に立った時である。

「手を上げろ!」

後方から声がして、眩《まばゆ》いライトがダンテを照らした。

そのライトの周囲には、銃を構えた軍服姿の男達がずらりと立っている。

「ダンテ・ガッロ、殺人未遂の容疑で現行犯逮捕する!」

(な……何で……)

ダンテは茫然《ぼうぜん》と立ち尽くした。

＊　＊　＊

その一週間前――。

「ダンテ・ガッロ、三十二歳、精神科医。身長一メートル九十二センチ。柔道の黒帯七段を所持。全国大会にも何度も出た経験がある。

独身で白人。加えて、彼の自宅の監視カメラの映像をハックしたところ、一連の殺人事件の日の不審な時間帯に外出が確認された」

「なら、その男で決まりだな」

アメデオは、部下にダンテの身柄確保を指示しようとして、携帯を取り出した。

「いや、まだ動くのは早い」

ローレンは、冷たくそれを制した。

「物証は無いに等しい。しかも刑務所の記録では、ダンテは、イレネオ・ロンキやチリアーコ・アレッシら、生霊殺人事件の犯人と名乗り出た受刑者達と面接した記録が無い」

「えっ、どういうことだ？」

アメデオが首を捻《ひね》る。

「多分、誰かもう一人、内部の人間が絡んでいるんじゃないかな。証拠品の受け渡しも、その誰かを介して行われたとしたら？」

閃《ひらめ》きを呟《つぶや》いたフィオナに、ローレンが頷《うなず》いた。

「ああ、私もそう思う。そこで、ダンテのカウンセリングを頻繁に受けている受刑者で、約二年前までゴルガ刑務所におり、その後、ロンキの刑務所に移動してきた者がいないか調べると、該当者が一名いた。

ボニート・ガンビーノ。六十二歳、元司祭。ただしバチカンからは破門されている。破門の理由は、彼が独自の教義を唱えたことだ。

彼が言うには、神によって創造された人間の魂に元来、悪は存在しない。それが過ちを犯すのは、外的悪によって魂が侵食されているからだという。その外的悪を排除すれば、魂は浄化され、罪を犯した人間でも天国に入れるというものだ。

ボニートは、それなりのカリスマ性を持った人物らしく、破門された後、キリスト教団を起こし、寄付を集めて教会を作った。

そして『浄化の会』と名乗るその教団には、脛《すね》に傷を持つ人間が集まってきた。マフィアや不良少年の心の拠《よ》り所になっていたらしい。

ボニートはある日、どうしてもクスリを止められない少年信者を救う為に、クスリの売人をやっていた少年の両親を銃で撃って、殺害することになる。懲役二十五年の刑を言い渡されたが、ボニートは、最後まで自分は正しい行いをしたと証言し続けた。

刑務所に入ってからは、キリスト教徒の会をオリエンテーリングで主催し、刑務所仲間からの信望が厚いとある」

「成る程、刑務所内のオリエンテーリングか……。刑務所側が適切な活動だと認めれば、週に一度、決められた時間帯で自由に出来るね。そこでボニートは、受刑者達の話を聞いていたんだろうね」

フィオナは楽し気に言った。

「しかし、何でボニートの依頼を、ダンテが実行しなくちゃならないんだ？　仮にも精神科医だろう？」

アメデオが疑問を差し挟む。

「ダンテがカウンセリングをしている内に、ボニートに洗脳されたのかも知れないし、ダンテの中に元々あった殺人衝動を、ボニートが刺激したとも考えられるね」

フィオナは遠い目で答えた。

「何であれ、この二人が一連の殺人事件を共犯として行った証拠が必要だ。実に計画的に行われた犯罪だが、ダンテは一つ、致命的なミスを犯している」

冷静に言ったローレンに、アメデオは食いついた。

「何だ、それは？」

「バルトロ・アッデージの一件だ。バルトロは、犯行に使われた縄と灯油の入手先とその日付を明らかにした。

その供述を元に捜査を続けると、バルトロが言った通りの店で、事件当日、縄と灯油を入手する、バルトロとよく似た男の姿が目撃されていただろう？」

「ああ、不思議なことだ」

「事件を生霊が起こしたのではなく、ダンテが起こしたのだとすれば、簡単な推察が成り立つ。バルトロ・アッデージは黒人で、上背のあるやせ型の男。そして顔には大きな特徴がある」

「特徴？」

「そうだ。君は彼の写真を確認していないのかね？　バルトロの鼻の右には大きな黒子《ほくろ》があるんだ。とても目立つものだ。つまりバルトロによく似た背格好と顔立ちの男を見つけ出し、鼻の横に偽黒子をつければ、誰でもバルトロに間違えられるということだ」

「つまり……どういう意味だ？」

アメデオが目を瞬いていると、フィオナがローレンの言葉を解説した。

「つまりね、大佐。ダンテは自分の犯罪が上手《うま》くいって警察を攪乱《かくらん》しているのに味をしめ、より一層、捜査を攪乱しようとしたんだよ。その余計な演出が、致命的なミスなんだ。

恐らくダンテは、身近で見つけたバルトロに似た男に、小遣い銭あたりを渡して、付け黒子をして、指定した店で縄と灯油を買うように指示した。男はただの買い物程度のことで金が貰《もら》えるならと、気軽に引き受けた。でしょう？　マスター」

フィオナの言葉に、ローレンは無言で頷いた。

「それの何処が、致命的なミスなんだ？」

「いいかね。私は警察の監視カメラなど問題にならないくらいの多くの目を持っているんだ。各国の飛ばす偵察衛星、ドローン、小さな商店に付けられたカメラ。それら全てが私の目になっている。

バルトロに間違えられた男が、店にいた時間帯も、その時の服装も、ハッキリと記録に残っている。午後六時過ぎ、白い線の入った赤いパーカーのフードを深く被《かぶ》り、ズボンは黒。

そこまで分かれば、この男の足取りが追える。

私は私的情報局を保有している。彼らにその男の行動を追うよう、既に指示を出した。恐らく丸一日もあれば、男の行動が明らかになる筈《はず》だ。

男が店から出た後、誰に会って、何処に帰ったのか。接触した人物がいれば、そちらの方も追跡するように指示している。

男が買った縄と灯油は間違いなく犯行に使われたものだ。だとすれば、男は店を出てから、誰に会うと思うね？」

「そうか……。ダンテ・ガッロに、縄と灯油を渡さないといけない訳だ」

「そういうことだ。その瞬間の映像を捉《とら》えることが出来れば、一つの物的証拠となる。男の方は、捕らえれば、簡単に吐くだろう。何しろ彼は買い物しかしていない。罪に問われる訳ではないからね」

「だけどそんな瞬間を、本当に捉えることができるのか？」

「百パーセント近い確率で可能だ。私の情報局は世界一優秀だからね」

「そっ、そうか。それは頼もしいな」

「だが、まだそれだけでは、ダンテ・ガッロを生霊殺人事件の真犯人だとするには証拠が弱い」

「ねえねえ、マスター。ダンテの思考とか思想が分かるようなものって、ハッキングで入手出来るかな？」

「可能だ。大学時代に取った講義や提出されたレポート、卒業論文などはすぐに入手出来るだろう」

「それで十分だよ」

「分かった」

そう言うと、ローレンは、凄《すさ》まじい速さでキーボードを打ち始めた。

一時間余りが経過した頃、ローレンはキーボードを打つ手を止めた。

「フィオナ、確認してくれ」

ローレンは立ち上がり、窓辺の椅子に腰かけて、物憂げな顔で窓の外を眺め始めた。

フィオナは嬉《うれ》しそうに、ローレンの座っていた席に座り、パソコンの画面を見始めた。

アメデオはすることが無い。

ぼんやりと、腹が減ったと考えていたが、今はそんなことを言っている場合ではないことも重々承知していた。

動きがあったのは、真夜中に入った頃だ。

フィオナが、全ての資料を読み切ったらしく、大きく伸びをした。

「何か分かったか？」

アメデオの問いかけに、フィオナは頷《うなず》いた。

ローレンも窓辺から移動して、席につく。

「まずは、ダンテ・ガッロが生まれながらの犯罪マニアだって分かったよ。取っている講義も犯罪心理学に関するものばかりだし、レポートも実際の犯罪における心理学的考察ばかりだ。潜在的に犯罪者にシンクロするところがあるんだろうね。犯罪者に対して親和的な表現が目立ってた。

中でも、完全犯罪を取り上げた卒論で、面白いことを書いていたよ。完全犯罪のやり方とか、凶器の隠し方なんかについて考察しているんだけれど、彼の意見では凶器は何処かに遺棄するのではなく、身近で管理する方が安全だっていうんだ。

つまり、今までの殺人で使った凶器を、彼は自宅などで管理している可能性が高い」

「なら、自宅に踏み込ませるか！」

アメデオが腰を浮かせると、ローレンが静かに首を横に振った。

「賢くないやり方だ。物的証拠となるかも知れないが、ダンテの性格から考えて、凶器を綺麗《きれい》にして、犯罪に使われた痕跡《こんせき》を抹消しているかも知れない。状況証拠あたりにしかならないだろう」

「なんか頭に来る奴だなあ……」

アメデオは頭を掻《か》きむしった。

「マスターの情報局からの連絡は？」

「程なく来るだろう」

「そっか。ボク、お腹が空《す》いたよ。ルームサービスを頼んでもいい？」

「勝手にするといい」

（よし、いいぞフィオナ。それが俺の求めていたことだ）

アメデオは思わず拳《こぶし》を握った。

「マスターは何にする？」

フィオナがメニューを広げ、ローレンに見せる。

「私は特殊メイクのこともあるから、適当なジュースでいい」

「大佐は？」

「俺はクラブハウスサンドとカフェオレだな」

「了解」

電話に向かうフィオナの後ろ姿をぼんやり見ていたアメデオだったが、ふとまだ解けていない疑問を思い出した。

「そう言えばだな、ローレン。クレメンテ・カシーニが生霊殺人事件を起こしたとされた夜、刑務所の監視カメラに幽霊が映っていたんだ。あれは一体、何だったんだ？」

「ああ、あの動画か。あれはただの虫だ」

「虫だって⁉」

「そうだ。赤外線カメラは言うまでもなく、赤外線で事物を照らし、感度の高いカメラでその映像を捉えている。あの動画は、赤外線を反射した虫が画面を横切ったものだ。

　こういう現象はしばしば起こるものだし、赤外線カメラが捉えた塵《ちり》や埃《ほこり》をオーブなどと言って、オカルト番組に売り込む者もいる」

「そう……だったのか。ただ、生霊殺人事件なんて、得体の知れないことが起こっていた刑務所だから、気味が悪いと大騒ぎになっただけってことか」

「だろうね」

　ローレンは淡々と答えた。

　暫《しばら》くすると、食事のワゴンが運ばれ、ソファセットにそれらが並んだ。

　三人は食事を摂《と》り、アメデオは腹が膨れたせいか、ソファの座り心地が良すぎるせいか、眠くなってきた。

　いつの間に眠ってしまっていたのだろう。

　アメデオが目を覚ますと、大きな窓の向こうに薄《うっす》らと白み始めた空が広がっている。

（綺麗な空だ……）

寝ぼけた頭でそんなことを思った時、突然、フィオナの顔が目の前に現れたので、アメデオは反射的に飛び起きた。

「大佐ったら、いつまでのんびり寝ているのさ。本当に呑気《のんき》なんだから。まあ、そのお陰でマスターとゆっくりお話し出来たから、ボクはいいんだけどね」

「ゆっくりお話しだと？　どんな話だ？」

アメデオがローレンを振り返ると、ローレンはパソコンの前で短い溜息《ためいき》を吐いた。

「情報局から結果が出てきた。こちらに来て、パソコンの画面を見てみたまえ」

アメデオは言われた通り、ローレンの傍に行って、画面を覗《のぞ》き込んだ。

河原で赤いパーカーを着た黒人が、サングラスをかけた白人男性に、荷物を渡す様子が映っている。

「本当に、見つけたのか！」

「私の情報局は世界一だと言っただろう。この後、白人男性は一軒の家へ向かった。住所はダンテ・ガッロの家と一致する。黒人男性の住所も判明した」

「じゃあ、この黒人の男を尋問だな」

「いや、フィオナとも話し合ったが、それは得策じゃない」

「何故だ？」

するとフィオナが近づいてきた。

「そうじゃなくって、有罪を確定するのに、もっと適切な方法があるんだよ」

「適切な方法？」

「囮《おとり》捜査さ」

「囮捜査か……」

「うん。大佐は『連続凍死殺人事件』のこと、知っている？」

「ああ、精肉店の冷凍室に吊《つ》るして殺しをやっていたマフィアだな」

「そう。その犯人に扮《ふん》した刑事を、ボニートに接触させるんだ。身の上話は、ボニートが食いつくようなものに、ボクが脚色する。

次に、ボニートがダンテに接触する機会には、カウンセリング室に盗聴器をしかける。

恐らくダンテはすぐに行動を起こすだろう。そして殺人を起こそうとする瞬間を逮捕するんだ」

「ふむ。だがな、もし、殺人を止めることが出来なかったらどうするんだ？　それに尾行がバレる心配もあるぞ」

「その点に関しては、私が偽の情報を、ネットやダンテがアクセスしそうな警察資料に書き込むことで、ダンテを誘導する。

殺害対象者も、警察官に演じてもらう。尾行がバレることも考慮して、ダンテに殺害時刻や殺害現場を選ばせる。ここでも上手《うま》くダンテを誘導するんだ。

警察はそこを見張っているだけでいい。

その手順はフィオナと詳しく打ち合わせたので、後で聞いてくれたまえ。

君達は、殺人未遂の現場を押さえ、縄と灯油を買った男の証言を引き出し、出来ればダンテの逮捕後に家宅捜査をして、凶器を押収する。

ここまですれば、ダンテも白を切れないだろう」

「そっ、そうか……。早速フィオナに聞いて手配する」

アメデオは、自分が眠ってしまっている間に、既に逮捕への段取りが取り決められてしまっていることに、つくづく自分の不甲斐《ふがい》なさを感じた。

「なあ……。俺って何なんだろうな……」

溜息交じりに呟《つぶや》いたアメデオに、ローレンは不思議そうな目を向けた。

「どういう意味だね？」

「だって、俺なんかいなくても、フィオナとアンタだけで、どんな事件でも解決出来てしまうだろう。何で、俺なんか咬《か》ませてるんだよ」

「それが分からないのか？」

ローレンの言葉に、アメデオは苦笑いした。

「どうせ俺が馬鹿で、アンタの手助けなしじゃ何も出来なくて、操り人形として丁度いいからなんだろう？」

するとローレンは眉《まゆ》を顰《ひそ》め、心底馬鹿馬鹿しいという顔をした。

「大きな勘違いだ。君程度の馬鹿と、自分が賢いと思っている人間との差など、私から見れば大したものではない」

「なっ、なら……何で……」

「君以外にも、大勢の人間が候補には挙がっていた。しかし、私が君を選んだのは、君が善人だからだ」

「俺が……善人……」

「そうだ。私の世界一の情報網をもって、君が小さな悪事さえ働いたことが無く、職業上の特権を乱用したことも無く、家庭的で、人々の良き隣人であることが証明された。

アメデオ君、私はね、自分の近くに置くのは善人だけだと決めている。悪人は、何をしでかすか分からない。私は人より優れた所を持っているが、肉体的には極めて虚弱だ。暴力には、簡単に屈するだろう。そんな私の弱味を狙う悪人は沢山いる。

だから私は、善人を自分の周囲に置いて、砦《とりで》にしている。善人であることは、あらゆることを凌駕《りょうが》する長所なのだよ」

至極真面目に言ったローレンの言葉に、アメデオは呆気《あっけ》にとられ、暫く言葉を失くした。

（善人……俺は善人なのか……。それがローレン・ディルーカの求める素養なのか……。そうか……そうか……）

アメデオの胸には、ふつふつとした喜びが湧いてきた。長年、胸に閊《つか》えていたものが、すっと無くなった、晴れやかな気分だ。

「大佐、行こう。さっさと犯人逮捕だよ」

フィオナの言葉に、アメデオは、「おう！」と元気に答えたのであった。

V A T I C A N
M I R A C L E
E X A M I N E R

エレイン・シーモアの秘密の花園

1

ルッジェリの第一秘書であるエレインの朝は早い。

午前五時に起きる彼女は、まずゆったりとヨガをする。一時間程かけて身体をほぐすと、次はシャワーと洗顔だ。入念な肌の手入れに三十分はかける。

朝食は軽いものだ。

バゲットにチーズを塗り、スモークサーモンを載せ、スムージーと共に食べる。

彼女の高層マンションの部屋は眺望が良く、セントラルパークが見渡せた。

エレインはその日のスケジュールを整理しながら、静かな時を過ごした後、八時半になると、出勤の準備にかかった。

ピッタリと身体の線に沿ったブランド物のスーツを身に着け、メイクをし、ブロンドをしっかりと結い上げる。そして、秘書道具の入った大きめのバッグを持ったら、いざ出陣である。

エレインはマンションの地下駐車場から白いベントレーに乗り込み、仕事先へと向かった。

最初に向かうのは、ウォール街にあるルッジェリの投資会社だ。

ルッジェリはマンハッタンだけでも二十余りの会社を経営しており、エレインはそれら全ての会社役員に就いている。それゆえ、業務は多忙である。

車を停め、颯爽《さっそう》と歩き出したエレインの姿を振り返る男達は多い。

少し年は取っていても、仮令《たとえ》無表情でお堅い印象を与えていても、エレインの美貌《びぼう》は人を振り返らせずにはいられない。

そんな彼女は、街の人々から見れば、リッチな成功者に違いなく、ニューヨーカーの理想を体現しているかのようだ。

しかしエレインは、その程度で満足出来る女ではなかった。

いくらセレブな雰囲気を纏《まと》おうと、それは只《ただ》の張りぼてだと思っている。

本物のセレブ。

それはこの世のもっと遠い所に存在している。

エレインはそう考えていた。

彼女は貧しい生まれ育ちであった。

父親はギャンブルと酒にのめり込み、ろくに働くこともしない男だった。

母親は、そんな父親と別れるほどの勇気もなく、毎日、べそべそと泣いている弱い女であった。

エレインは、そんな父親と母親を心底軽蔑《けいべつ》していて、絶対に自分はこうなりたくないと思っていた。

あれは幾つの時からだろう……。

そう、四つか五つの頃には、そう強く心に決めていたのだ。

家庭の事情が複雑で、両親から構われない子は悲惨である。

エレインもそうだった。

数着しかない汚れた服を着回し、髪はぼさぼさ。

時に、ノートやペンさえ買って貰《もら》えない。

そんなエレインをクラスメイト達は、「灰かぶり」とからかい、様々な手段で虐《いじ》めてきた。

普通なら、そこで心が折れていただろう。

しかし、彼女は違った。

誰に似たのか、持ち前の根性があって、からかうクラスメイト達をいつか見下す日が来るのだと確信していたのだ。

そんなエレインに転機が訪れたのは、ミドルスクールの二年の時だった。

クラスに転校生がやってきた。

その女子生徒はとても上品で、垢抜《あかぬ》けていて、立ち居振る舞いが美しく、周囲の醜悪なクラスメイト達とは、同じ生き物とは思えないような存在感を放っていた。

綺麗《きれい》なイギリス訛《なま》りの言葉で話し、エレインを見ても厭《いや》な顔一つしない。

それどころか、エレインに自ら近づいて、頻繁に話しかけてくる。

彼女の名は、フェリシア・コンラッド。

だがエレインは、彼女の眩《まぶ》しさにあてられ、自分のような者が話をしてもいいのかと、いつも口籠《くちご》もってしまうのだった。

そのうち、クラスで噂が立った。

フェリシアの父親は大きな会社を営んでいて、彼女はセレブなのだという。

（セレブ……そんな人種がこの世にいたんだ……）

この時からエレインの中に、セレブへの憧《あこが》れが生じた。

憧れといっても、自分がセレブになりたい訳ではない。

セレブという人々の生活や考え方を知りたい、見てみたいという大きな欲求が生じたといった方が良いだろう。

ある日、何故だかエレインは、フェリシアの家へ誘われた。

驚くほど大きな家の門を、車で潜っていったのを覚えている。

あの時のシャンデリアの煌《きら》めきや、部屋の装飾の美しさは、今でも目に焼き付いている。

フェリシアはエレインを自室に誘い、ふかふかのソファにエレインを座らせると、続き部屋から沢山の服を抱えてきて、エレインに差し出した。

「あのね、エレインはとても綺麗だから、きっと服装を変えれば見違えるわよ。私のお古で申し訳ないのだけれど、この服達だって、ただ捨てられてしまうより、貴女《あなた》に着て貰えたら、きっと喜ぶと思うの」

フェリシアの口調には、何の悪意も混じっていなかった。

(これがセレブというものか……)

エレインは感動し、素直に彼女の服を貰い受けた。

これが、エレインの意識が変わった瞬間であった。

家に帰ると、ろくでもない両親が待ってはいたが、エレインは自分で身だしなみを整えるようになった。

毎朝シャワーを浴び、髪をフェリシアに倣って結い上げ、出来るだけ上品に振る舞うことを心掛けた。

ただそれだけのことで、周囲のエレインを見る目が大きく変わった。

男子達は、熱い視線を送ってくるようになった。

女子達は、最初こそ訝《いぶか》しげだったが、エレインを会話や遊びに誘うようになった。

勿論《もちろん》、虐めもなくなった。

だが、そんなことで満足している暇はなかった。

ハイスクールへの進学が待ち構えていたのだ。

両親のことだ。エレインの学歴や将来のことなど気にもしていないだろう。

下手をしたら、まともに進学させて貰えない可能性もある。

そこで、エレインは脇目もふらず学業に励んだ。

有名ハイスクールへの推薦と奨学金を勝ち取る為だ。

参考書など買って貰える筈《はず》もないエレインは、いつも図書館に籠もって勉学に明け暮れた。

そして遂に、推薦でハイスクールに入ることが出来た。

ハイスクールに入ったエレインは、初めて人生の第一歩を踏み出した気がした。

まず、入学一日目からエレインの美貌は話題になった。

周囲にいるのは、家柄のいいお坊ちゃん、お嬢ちゃん。

彼や彼女らは、エレインの周囲を取り巻き、男子生徒に至っては、高額なプレゼントをエレインにする者も少なくない。

そんな中、エレインは自分の家の貧しさを隠すことをしなかった。

どうせ自分は張りぼてのセレブもどきだ。繕っても仕方がないと思ったからである。

話をすれば、クラスメイト達は驚き、そして次には哀れんだ表情になって、何かとエレインの世話をしてくれた。

エレインはそれらに感謝しながらも、自分の夢見る本物のセレブの世界はまだまだ遠い所にあり、もっと手を伸ばさないといけないと感じていた。

エレインはハイスクールでも、ひたすら勉学に励んだ。

成績は常にトップクラス。

それもこれも、奨学金でカレッジへと進学する為である。

そしてエレインは自らの計画通り、奨学金を勝ち取り、カレッジでビジネス秘書のコースを専攻した。

何故、秘書なのか？

簡単な話である。

エレインは自分がセレブになりたい訳ではない。セレブを知りたいのだ。

それならば、セレブと呼ばれる人達の身近で、彼らを観察することが出来る秘書という仕事こそが一番だと考えたからである。

卒業後、中堅どころの会社の社長秘書となったエレインは、完璧《かんぺき》な秘書になる為の努力を惜しまず続けた。

中堅どころの会社の社長などでは、到底、エレインの理想とするセレブには遠く及ばない。

エレインは秘書としての技能を切磋琢磨《せっさたくま》し、業界で名を売り出した。

そうして幾つかの会社を渡り歩いていた頃、父親が死んだ。

母親には絶縁を言い渡し、エレインは当時の上司の紹介で知り合った、子どものいない夫婦の養子となった。この時、彼女はシーモアの姓を手にいれた。

仮にもセレブの秘書である以上、不出来な両親の存在は、出世の邪魔である。

それから幾度ものヘッドハンティングを経たエレインは、遂にアメリカでは知らぬ者がいないセレブ、ルッジェリ・ラザフォードの第一秘書にまで上り詰めたのである。

＊　＊　＊

エレインは、ウォール街から次の仕事場であるミッド・タウンへと車を走らせながら、これまでの人生を漠然と思い出していた。

大型オフィスビルの駐車場に車をつけ、その最上階にあるペントハウス専用のエレベーターへと向かう。

仁王立ちしていたガードマンがエレインに軽く挨拶《あいさつ》し、エレベーターを起動させる。

足早にエレベーターへと乗り込んだエレインは、ペントハウス階のボタンを押した。

エレベーターの扉が開くと、見慣れた光景が広がっていた。

二百平米あるリビングのあちこちに女達の服が脱ぎ捨てられ、空になったシャンパンのボトルやグラスが床に転がっている。

エレインは溜息《ためいき》を吐きながら、ベッドルームへと移動した。

すると四人の裸の女に取り囲まれ、ルッジェリは満足げに眠っていた。

ベッドルームの空気は、まだ酒臭い。

エレインは大股《おおまた》で、ルッジェリの眠るベッドに近づき、その顔をまじまじと見た。

最初の頃こそ、彼の持つ桁違《けたちが》いの財力と権力に目を見張ったものだが、彼の秘書として長く働いてみて分かったことは、ルッジェリが放蕩《ほうとう》な生活を繰り返す、金持ちの我儘《わがまま》息子であるということだ。

仕事は一通り出来るものの、彼は、エレインの思い描くようなセレブではない。

朝、自分で起きることすら出来ない子どもなのだ。

エレインは枕元のリモコンを手に取り、カーテンを全開にした。

ルッジェリと女達が、眩《まぶ》しそうな顔で目を覚ます。

「だ、誰？　貴女、誰なの？」

一人の女が迷惑そうな声を発したので、エレインは思いきり上品なイギリス訛《なま》りで答えた。

「それはこちらの台詞《せりふ》です。私はエレイン・シーモア。ルッジェリ様の秘書です。貴女はルッジェリ様と、どのようなご関係でしょうか？」

「そ、それは……」

エレインの圧に押された女が言い淀《よど》んでいると、ルッジェリが面倒そうに髪をかき上げ、上半身を起こした。

「そう脅すなよ、エレイン。直ぐに帰らせるから」

「そうして下さいますか？　十二時から会議の予定がございますので」

「また会議か……。怠《だる》いなあ……。私抜きじゃ駄目なのか？」

「ご冗談を、ルッジェリ様。駄目ですよ」

ルッジェリは、ふうっと溜息をついた。そして女達を軽く抱き寄せた。

「皆、私の為に昨日は有り難う。実に楽しいひと時だった。だけど、そろそろ帰ってくれ。聞いてのとおり、仕事なんでね」

女達は不安そうな表情で、ルッジェリのベッドから抜け出していく。

「リビングに脱いだ服は、ちゃんと着て帰って下さいね！」

エレインは女達の背中に、そう声をかけたのだった。

ルッジェリが欠伸《あくび》をしながら立ち上がり、洗面所に向かう。

シャワーと髭剃《ひげそ》りを済ませたルッジェリは、日焼けした肌に、ブロンド。獅子《しし》のような威厳を漂わせて現れた。

エレインがほっと胸を撫《な》で下ろす瞬間だ。

「エレイン、今日の会議の内容は？」

ルッジェリが着替えをしながら訊《たず》ねる。

「はい。ダイヤモンド・ライン社の経営実績の報告ならびに、各種M&Aに関する協議です」

「ふむ。詳しい資料は？」

「はい、こちらに纏《まと》めてあります」

エレインが作成した資料に、ルッジェリは素早く目を通した。

「成る程、分かった。君の仕事ぶりにはいつも感心するよ。

そこで改めて、君に一つ、頼みがある」

ルッジェリは爽《さわ》やかな笑顔で、エレインに歩み寄った。

「はい、何でしょうか？」

「以前から話していた、ジュリアの件だ。私は何としてでも、ジュリアの弱味を握っておきたい。普段の業務は第二秘書以下に引き継がせ、君には暫《しばら》く、そちらに専念して貰《もら》いたいのだ」

ルッジェリは囁《ささや》くように、エレインに告げた。

その瞬間、エレインはめくるめく快感を覚えずにはいられなかった。

ジュリア・ミカエル・ボルジェ。彼はヨーロッパ貴族の血を引く正真正銘のセレブであり、ルッジェリさえも脅かす存在である。

セレブ同士の腹の探り合いがどのようなものか、彼にどんな秘密が隠されているのか、実に興味深い。

「畏《かしこ》まりました」

エレインは昂《たか》ぶる気持ちを抑えつつ、静かに答えたのであった。

2

それから四日後。

「ボスの気紛《きまぐ》れで、急遽《きゅうきょ》、休暇を取るよう命令された」と語ったエレインに、秘書仲間達は同情的かつ好意的に引き継ぎをこなしてくれ、エレインは無事、機上の人となった。

ワシントンからエールフランス機でパリへと向かう。

探るべきターゲットであるジュリアなる男は、世界各国に拠点を有しているが、その本拠地といえば、やはりフランスだ。

とりわけパリの南西部、ロワール渓谷地方に建つ古城は、お気に入りの様子である。ルッジェリの指示で、幾度も手紙や荷物を送ったことがあるから、エレインもその住所は記憶している。

だからといって、直接城を訪ねて行くなど、愚の骨頂だ。スパイに来たと宣伝しているようなものである。

ひとまず休暇を装い、パリに滞在しながら、アプローチの方法を探るのが望ましいと、エレインは考えていた。

休暇というからには、それらしく振る舞うべきだと、仕事道具も殆《ほとん》ど家に置いてきた。

彼女が手持ち無沙汰《ぶさた》な気分で、ぼんやり機窓《きそう》を眺めていると、程なくシャンパンとおつまみ、続いて機内食が運ばれてくる。

フォアグラのテリーヌに、根セロリのピュレと鴨肉のパイ包み。

イチジクのコンポート。

メインは鱈《たら》のステーキ、シェリーソース。

普段は書類と睨《にら》めっこしながら、掻き込むように摂《と》る食事をゆっくりと味わう。

三杯目のワインと、デセールのパルフェ、フォンダン・ショコラを食べる頃には、

彼女はパリでの活動を必ずや有意義なものにしてみせると、決意を新たにしていた。

午前九時五十分、シャルル・ド・ゴール空港に到着したエレインは、ビジネススーツ姿にサングラスをかけ、コートを羽織った。

そしてATMでユーロを出金し、観光ガイドを一冊買った。

タクシーに乗り、向かったのはパリの下町といわれる十三区である。

アットホームなビストロや雑貨店、小さなブティックホテル、洋服店やドラッグストアなどが並んだ生活感漂う一角に、目当ての看板を見付けると、エレインはその建物の三階へ上がった。

レトロな磨《す》りガラスに『アルノー＝ジュベール探偵事務所　depuis1962』と刻まれた玄関扉をノックする。

「どうぞ、お入り下さい」

中から落ち着いた中年女性の声が応じた。

「失礼します」

エレインは室内に入るなり、素早く辺りを観察した。

よく使い込まれた机と、本棚にみっしり並ぶ資料本。突き当たりのデスクに座っている探偵は四十代後半と思われた。

肩までのくせっ毛に、グレーグリーンの瞳《ひとみ》。鼻は頑固そうな鷲鼻《わしばな》で、薄い唇が冷淡そうな印象を加えている。いかにも曲者《くせもの》で切れ者の探偵といった面持ちだ。

デスクの上には、現在処理中と思われる案件の分厚いファイルが三冊ばかり積まれており、傍らにある鍵《かぎ》付きのガラス戸棚には、レシーバーや盗聴器、望遠カメラといった探偵道具の数々が並んでいる。

エレインは、丁度自分が求めていた、地域密着型で中堅どころの探偵事務所を引き当てたと直感した。

「どうぞ、こちらのソファへ」

秘書らしき女性に案内され、ソファに座る。すると向かい側に、探偵が腰を下ろした。

「初めまして。電話で予約した、アンナ・ブラウンです」

エレインは流暢《りゅうちょう》なフランス語で、偽名を名乗った。

フランス語は、EUや国連、ユネスコ、国際オリンピック委員会を始め、多くの国際機関の公用語として採用されている国際語だ。当然、彼女もフランス語を習得していた。

他にもスペイン語、ロシア語は一通り話せる。

「初めまして、ブラウンさん。アルマン・ジュベールです」

ジュベールはエレインの美貌《びぼう》に見とれながら、上擦った声を出した。

そしてそれを誤魔化すように咳払《せきばら》いをし、言葉を継いだ。

「ごほん。当探偵事務所は父の代から、信頼と誠実をモットーにしております。さて早速、ご依頼内容の確認ですが、素行調査ということでしたね？」

「ええ。対象者の行動や外出先、スケジュール、現在の交友関係などを調査して頂くことと、可能な限り、経歴や過去について調べて頂きたいのです。ただし、くれぐれも秘密厳守でお願いします」

「秘密厳守は探偵の基本ですから、ご安心下さい。では、その対象者について、出来るだけ詳しく教えて下さい」

エレインは頷《うなず》き、バッグから四枚の写真を取り出し、テーブルに置いた。

「ほう……これは随分、目立つ御方だ」

写真を手に取ったジュベールは、プラチナブロンドの髪を靡《なび》かせた、天使と見紛《みまが》うばかりのジュリアの容姿に目を丸くした。

「ええ。ですが今回、調査をお願いしたいのは、こちらの人物なのです」

エレインはジュリアの背後に写り込んでいる、白髪の老人を指差した。

「成る程……。では、このご老人について教えて下さい」

「はい。名前はエドモン・マクシム・コールマン。この金髪男性の執事をしています。住み込み先の住所も分かっています。ですが、それ以外のことは何も」

「ふむふむ。差し支えなければ、コールマン氏と貴女《あなた》のご関係など、ご依頼に至った事情をお聞かせ願えますか？」

ジュベールの問いに、エレインは静かに首を横に振った。

「それは聞かないで下さい」

「そうですか……。こちらとしては、少しでも調査の手掛かりがあれば助かるのですが。では、彼の雇用主である金髪男性について、何か情報は？」

「彼はボルジェ氏といいます。他に情報はありません。大変用心深い御方ですので、無理に探る必要もありません。

私がお話し出来るのは、これだけです。これだけの情報では、依頼をお引き受け頂けませんか？　謝礼は弾みます」

エレインがそう言った時、秘書らしき女性がジュベールの隣に腰を下ろした。

「ではここで、金額面についてご説明致します。素行調査の場合、その難度や状況にもよりますが、探偵による尾行、聞き込みなどで、一日千五百ユーロ程度からとお考え下さい。

調査の期間や、ご希望の日程などはございますか？」

「期間はひとまず今日から一週間でお願いします。一週間後の結果次第で、更に延長をお願いするか、調査を打ち切るかを考えます」

「畏《かしこ》まりました。では、本件の仮契約書にサインと連絡先のご記入をお願いします。ご契約にあたりまして、本日、手付金を頂戴《ちょうだい》する決まりなのですが、構いませんか？」

「無論です」

エレインはバッグから封筒を取り出し、テーブルに置いた。

女性は封筒の厚みを訝《いぶか》りながら、中を確認し、目を瞬いた。

「これは……？」

「五万ユーロです。こちらは契約と引き換えに、領収書を頂きたい前金です。そして」

エレインは更に厚みのある封筒をバッグから取り出し、テーブルに置いた。

「こちらは領収書不要の現金です。調査活動中には、賄賂《わいろ》や口止め料も必要となるでしょうから。他にも経費が必要な場合は、ご連絡頂ければ速やかにお支払いします」

エレインの台詞《せりふ》に、暫《しばら》く絶句していたジュベール達だったが、ハッと我に返ったように、女性が立ち上がり、エレインに握手を求めた。

「申し遅れました、ブラウンさん。私、当探偵事務所の共同経営者で探偵のコレット・アルノーと申します。当事務所の全力で本件にあたります。宜《よろ》しくお願いします」

アルノーは深々と頭を下げたのだった。

3

建物の外に出ると、辺りは昼時の喧噪《けんそう》に溢《あふ》れていた。道端にはアジア系の屋台が幾つも出ている。

エレインはそれらを横目で見ながら大通りまで歩き、再びタクシーに乗った。

ひとまず打つべき最初の一手は打った。

次に向かうべきは、ホテルである。中のレストランでランチを摂《と》り、チェックインを済ませなくては……。

「シャングリ・ラ・ホテルへお願いします」

今回、エレインが予約したのは、皇帝ナポレオン・ボナパルトを大伯父《おおおじ》にもつローラン・ボナパルト王子の邸宅を大改装したホテルであった。ランクは五つ星より上の最高級パラスで、歴史的記念建造物にも登録されている。

普段の仕事でルッジェリと同行する際には、セキュリティー面やスイートルームの広さ、防音対策の観点からホテルを選ばねばならないが、今回は何の制約もない一人旅である。

本物の王侯貴族の居城の佇《たたず》まいをそのままに残したクラシカルなファサードの前で

タクシーを降り、黒金《くろがね》の門扉を潜ると、優雅な仕草でドアマンが出迎える。

「いらっしゃいませ、お客様。お荷物をお運び致しましょうか？」

「いいえ、結構よ」

エレインはショルダーバッグの他に、小型のスーツケースしか持っていなかったし、そのスーツケースも非常に軽量だった。

どうして軽量かといえば、彼女は趣味の旅行に持ち運ぶような拘《こだわ》りの私物など持っていなかった為、スーツケースが殆《ほとん》ど空っぽだったからである。

大理石の床に、レトロで瀟洒《しょうしゃ》なシャンデリア、細工の施されたアーチ状の垂れ壁が続く廊下を通り、エレインは予約したレストランへと向かった。

そこは二階席までが吹き抜けになったボールルームのような空間で、天井のガラスのクーポラから眩《まばゆ》い放射状の日射しが降り注いでいた。

瀟洒《しょうしゃ》で上品。それでいて、東洋らしさを感じさせる壺や調度品の数々、真っ赤なビロードの椅子の色彩などが、やはり中華資本のホテルという主張を感じさせる。

エレインはランチメニューから中華点心のセットと、タイ風マグロのタルタル、四川風車海老をチョイスし、エスニックなスパイスの風味を楽しんだ。

そうする間に、チェックインの時間になる。

ベルボーイに案内された部屋は、ベージュとホワイトとゴールドを基調とした上品なインテリアに、細部に貴族的な意匠が凝らされ、アクセント的に取り入れられたアジアンテイストの調度品やシルクの壁紙とのハーモニーが、何とも洗練されたセンスを感じさせた。

そして何より印象的なのは、リビング正面の大きなフレンチ窓から見晴らせる、鮮やかなホテルの庭園と、歴史を感じさせる石造りのパリの町並み。その間から、高く聳《そび》えるエッフェル塔であった。

何と芸術的で美しいのだろう、とエレインは息を呑《の》んだ。

予約の際には、エッフェル塔が見える部屋をリクエストするなど、年甲斐《としがい》もなく恥ずかしいのではと躊躇《ちゅうちょ》したが、この部屋に決めて良かった。

エレインはローラン・ボナパルト王子やフランス貴族達、セレブの栄耀に思いを馳《は》せながら、長い間テラスに佇《たたず》んでいた。

翌朝、彼女はホテルのフィットネスと豪華なプールで汗を流し、部屋に戻ると、窓辺のソファで観光ガイドをじっくり読み込んだ。

最初の二、三日は、パリ観光を楽しむつもりであった。

普通の休暇らしい行動をしておけば、何かの拍子にボロが出ることもない。

それにしても、パリは流石に観光名所の宝庫である。有名どころだけでも、凱旋門《がいせんもん》とシャンゼリゼ通り、ノートルダム大聖堂やサント・シャペル、オペラ座にオペラ・バスティーユ、ルーヴル美術館等々の見所がある。

セーヌ川のディナークルーズや、モンサンミッシェルでの遊覧飛行とスカイダイビング体験も魅力的だ。

だが、彼女にとって絶対に外せない観光スポットは、車で三十分の距離にあるヴェルサイユ宮殿であった。

エレインは今日の予定をあれこれ考えた末、まずはシャンゼリゼ通りの有名美容院に予約を打診した。数軒のサロンに電話をかけ、午後からの予約を取る。

ついでにホテルの内線電話から、ラグジュアリーなスパの予約も取りつけた。

そうして手際よく身支度を調えると、ショッピングとグルメを楽しむべく、パリの街へと繰り出したのであった。

その翌日はルーヴル美術館へ、そのまた翌日はヴェルサイユ宮殿へと足を運ぶうち、あっという間に時間が経っていく。

そろそろ仕事関係の知人達にも連絡を取るべき頃だ、と彼女は思った。

彼らに招かれるホームパーティーやレセプションパーティーは情報の宝庫だし、そこで囁《ささや》かれるジョークやセレブのゴシップ話などは、聞いているだけでワクワクする。

そうして朝はフィットネス、昼間は散策とショッピング、夜はパーティーという日々を三日続けた夜のこと。

アルノー＝ジュベール探偵事務所から連絡があった。

明日午前十時に事務所へ来て欲しいとのことだ。

ジュベールの得意げな口調からすると、どうやら調査に進展があったようだった。

＊＊＊

「ブラウンさん、ようこそ。ご足労をおかけしました」

ジュベールはにこやかに言って、エレインをソファへ誘《いざな》った。

アルノーが三人分のエスプレッソをテーブルに置き、ジュベールの隣に腰を下ろす。

「いいえ、とんでもありません。それより調査結果の方は？」

「では早速、結果をお知らせします」

ジュベールは勿体《もったい》ぶった咳払《せきばら》いをして、話を続けた。

「我々は丸一週間、コールマン氏の住み込み先である古城を見張り、彼の行動を監視し続けました。勿論《もちろん》、相手方からは決して気付かれないよう、最高性能の望遠レンズを使用し、見張りの位置や人員を変えながらです。

その結果、城には常時二十名余りの使用人がいると判明しました。コールマン氏が

いるようです。彼らに指示を出す姿がしばしば認められたことから、彼は執事頭のような役割をして

一週間のうちに城を訪れた客は、三組。彼らの服装や車種などから、いずれも一流のビジネスマンか、もしくは政府の官僚かと推測されます。

一方のコールマン氏といえば、買い出しなども部下にやらせているようで、自ら城外に出ることはありませんでした。

ですが、そんな彼にも、変わったルーティーンが一つ、ありました」

ジュベールは人差し指を立てた。

「どのようなルーティーンでしょうか？」

「コールマン氏は毎週土曜日の夜から日曜日にかけて、休みを取っています。

その折、シャトー・ル・プリウレという、同じロワール渓谷の古城を改装したホテルに滞在するのが常なようで、しかも必ず同じ部屋に泊まれるよう、一定期間の前払いをすることで、その部屋を押さえているのです。

そして毎週土曜日の午後九時頃には、決まってホテルの最上階にあるラウンジに現れ、寛《くつろ》ぐのだとか。

口の堅いベルボーイと、ラウンジのバーテンダーに賄賂《わいろ》を握らせて話を聞き込みましたから、間違いありません」

「成る程……」

これは使えそうだと、エレインは頷《うなず》いた。

「それにしても、コールマン氏は妙な方ですね。職場も古城ですのに、休日までシャトーホテルにお泊まりとは、余程、城がお好きなのでしょうかね」

「さあ……どうでしょう」

エレインは小首を傾げてみせながら、マクシム・コールマンはフランスの歴史や文化に強い誇りを持っているのではないだろうか、などと推測していた。

ジュベールはエレインの反応の薄さに、少し焦った様子で身を乗り出した。

「如何《いかが》でしたか、ブラウンさん？　この情報は、お役に立ちましたか？」

「ええ。有意義な情報でした」

「それは何よりです。今後も調査を続行されますか？」

「今回はボルジェ氏のお姿も見かけませんでしたし、続行なされては如何です？」

ジュベールとアルノーは、まだまだ乗り気の様子だ。

「ええ、是非、今後も末永いお付き合いをお願いします。次の調査目標が決まり次第、こちらから電話を差し上げますので」

「分かりました。いつでもご連絡下さい。心待ちにしています」

エレインは請求額を遥《はる》かに超える謝礼を払い、報告書を受け取って探偵事務所を出た。

次なる目標は、マクシム・コールマンとの自然な出会いを演出することだ。それが出来れば、ジュリアの秘密に迫る突破口が生まれるに違いない。

土曜日の夜までは、あと三日半。

エレインは街角のネットカフェに入り、早速、シャトーホテルなるものについて検索した。

十五世紀から十八世紀にかけて、フランス貴族達は競うようにロワール渓谷沿いに美しい城を建てたという。そして十九世紀になると、開通した鉄道を使ってパリの富裕層が訪れるようになり、その地で華やかな社交が繰り広げられた。

今も個人所有の古城は数多く残っているが、城の所有を続けるには多額の税金や維持費がかかる為、ホテルとして営業している所も多いようだ。

そんなシャトーホテルの最大の魅力は、交通の便が悪い分、都市部のホテルより宿泊料が割安で、それでいて本物の贅沢《ぜいたく》な気分が味わえる点だと書かれてあった。

続いてシャトー・ル・プリウレを検索すると、ごく簡単な紹介記事が見つかった。

『かつて王族が狩猟の際に使用していた別邸を改装し、快適に過ごせるホテル設備を整えたシャトーホテル。美しい田園と広大な森に囲まれ、ひっそりと佇《たたず》むフランス・

ルネッサンス様式の宮殿で、当時の優雅な雰囲気を味わえます』

なかなかそそる煽《あお》り文句である。

手持ちのガイドブックや、メジャーな旅行サイトには掲載されていない所をみると、結構な穴場らしい。ネットの口コミ投稿数も少なかったが、評価は高かった。

エレインは早速、スマホを手に取った。

『はい、こちらシャトー・ル・プリウレです』

「こんにちは。そちらのホテルのことをネットで見ておりまして、一名で宿泊したいのですが、今週末の部屋の空き具合は如何でしょう？」

「そうですね……。今週の土曜日と日曜日でしたら、丁度、一室空いております。ノーマルタイプのシングルルームになってしまいますが」

「それで結構です。予約をお願いします」

エレインは本名で予約を入れると、シャトーホテルにふさわしそうな洋服を求めて、シャンゼリゼ通りへ繰り出した。

4

土曜日の昼過ぎ、エレインはシャトー・ル・プリウレに到着した。

城の外観には華美な装飾がなく、凜《りん》とした佇まいが際立っているように感じられた。

ロビーの内装も控え目だが、そこに本物のアンティークの調度品がしっくりと馴染《なじ》んで、荘厳な雰囲気を醸し出している。古びた柱の一本一本にも、確かな歴史の重みが息づいているかのようだ。

（これが本物のお洒落《しゃれ》というものかも知れないわね……）

エレインはそんなことを思った。

案内された部屋は決して広くなく、窓も腰窓しかなかったが、ベッドを含む全ての家具がアンティークで、手入れがよく行き届いていた。

笑ってしまうほど小さなテレビが控え目に、壁際に設置されていたが、とてもテレビを見る気にはなれなかった。

エレインはアンティークの椅子を持っていって窓際に座ると、窓を開き、窓枠に頬《ほお》杖《づえ》をついて外を眺めた。

ざわざわと風が木の葉を揺らす音がし、小鳥の囀《さえず》りが聞こえてくる。

エレインは暫《しば》らく時を過ごした後、買い物で満杯になったスーツケースの奥から、ずっと読み損なっていた小説を取り出し、窓辺で静かに読み始めた。

日が翳《かげ》り始めたのに気付くと、夕食の時間まで前庭を散策する。

すっかり何もない半日を過ごしてしまったが、エレインは非常に贅沢な気分であった。

夕食のメニューは、近くの畑で採れたシンプルなサラダと野菜のスープ。豚肉のリエットに、焼きたてパン。

メインは魚料理で、川カマスの腹にシャンピニオンを詰め、赤ワインソースで煮込んだ名物料理だと、シェフが説明してくれた。

最後に運ばれてきたのは、タルト・タタン。林檎《りんご》菓子の最高峰と言われるこのデザートは、ロワール発祥のものらしい。

エレインは、愛情と手間隙《てまひま》のたっぷり詰まった素朴なコース料理をロワール産のシノンのワインと共に堪能《たんのう》し、シェフとの短いお喋《しゃべ》りを楽しんだ。

食事を終えると、少し化粧直しをして、直ぐに最上階のラウンジへ向かう。

マクシムの到着時刻まで、まだ間があったが、ここで下手に休憩を挟んでしまうと、今の喜びと解放感に満たされた気分が、何処かへ消え去ってしまいそうだ。

そうなればきっと、マクシムにかける言葉も冷たく芝居がかったものとなり、あの海千山千の執事を怪しませてしまうことだろう。

エレインはどこか人恋しいような、高揚した気分のままラウンジに入り、入り口近くのカウンター席に座ると、バーテンダーを呼んだ。

「いらっしゃいませ。ご注文はお決まりでしょうか？」

「そうね、貴方《あなた》のお勧めのカクテルをお願いするわ」

「味のお好みなどは、ございますか？」

「余り甘くないもので、色の綺麗《きれい》なカクテルがいいわ」

「承知致しました」

シェーカーを振るリズミカルな音が暫く響き、グラスに注がれたのは、鮮やかな薔《ば》薇《ら》色《いろ》のカクテルであった。

バーテンダーはその上から、生石榴《ざくろ》の搾り汁を注いだ。

「どうぞ。ジャック・ローズです」

「……美味《おい》しい。林檎の風味がとてもいいわね」

「有り難うございます」

「前にアメリカでも一度、このカクテルを飲んだことがあるのだけど、それより断然、美味しいわ」

「フランス産カルヴァドスと生石榴を使ったアレンジレシピでお作りしましたので」

「流石は美食と芸術の国ね。私のいるアメリカとは大違いだわ」

エレインは大きく溜息《ためいき》を吐いた。

バーテンダーは少し笑った後、それをフォローするかのように口を開いた。

「ですが昨今はフランスでも、バーガーブームとやらが起きているそうですよ」

「本当？　でも、フランスのバーガーの方が、どうせずっと美味しいのでしょう？」

「まあ……その点に関しては、私からはノーコメントです」

「ほら。やっぱりそうなのね」

エレインはクスッと笑い、次のカクテルを注文した。

そうしてバーテンダーと他愛ないやりとりをしていると、背後から声がかかった。

「失礼ですが、エレイン・シーモアさんでしょうか？」

振り返ると、マクシムが立っている。

入り口からよく目につく場所に座っていたので、見付け易かったのだろう。

エレインは驚いた声をあげて、椅子から立ち上がった。

「えっ……コールマンさんですか？　どうしてここに？」

「それはこちらの台詞《せりふ》ですよ。私の職場はこの近くです。貴女《あなた》こそ、どうして？」

マクシムは少しばかり疑いを含んだ口調で訊《たず》ね返した。

「私は久々の休暇を頂きましたので、美味しいものを食べてリフレッシュしたいと、一人旅に来たんです。やはり世界一の美食の都といえば、パリですから」

「成る程。それで？」

「はい。パリを選んだのは、大正解でした。騒々しくて巨大なだけのアメリカと違って、文化と歴史の香りをたっぷり満喫出来ました。

それで、暫くはパリのシャングリ・ラ・ホテルに滞在していたのですが、一度はシャトーホテルを体験してみてはどうかと、友人にアドバイスして貰《もら》ったんです。

私、このシャトー・ル・プリウレがとても好きです。これこそ本物の贅沢《ぜいたく》だという、珠玉の時間を過ごさせて貰いました」

真っ直ぐで熱の籠《こ》もったエレインの言葉に、マクシムもやっと納得したように頷《うなず》いた。

「そうだったのですね。ところでシーモアさん、隣に座らせて頂いても？」

「ええ、勿論《もちろん》です。どうぞお座り下さい」

「では、今宵《こよい》に乾杯と参りましょうか。マイエ君、いつものワインを」

バーテンダーがマクシムのグラスにワインを注いでいく。

二人はグラスを持ち上げ、乾杯をした。

それからは、エレインが旅行者にありがちな失敗談や、パーティーで聞いたジョークなどを語り、マクシムがフランスの歴史や文化に纏《まつ》わるエピソードやジョークを披露した。

そうしてすっかり機嫌を良くしたマクシムは、いつもより多目の酒を飲み、最後の最後にこう言った。

「シーモアさん。もし宜《よろ》しければ、明日、当家にご招待させて頂けませんか？」

「私をお邸《やしき》にですか？」

「ええ。明日は丁度、ジュリア様が当家にお戻りになられるのです。ハイチの一件でのシーモアさんの機転には、我が主人もいたく感心しておられましたよ。ですから貴女が元気なお顔をお見せになれば、きっと喜ばれるでしょう」

「ええ、そうだといいんですが……」

自信なげにそう応じながら、エレインの心臓は興奮と歓喜に跳ねていた。

プライベートの席で、あのセレブ、ジュリア・ミカエル・ボルジェに会えるとは。

この千載一遇のチャンスは、絶対にものにしたい。

もしかすると、この誘い自体がマクシムの老獪《ろうかい》な罠《わな》かも知れないが、そもそもジュリアとマクシムは、既にエレインの情報を詳細に把握している筈《はず》だから、今更何を知られた所で、大した問題はないだろう。

ビジネスに関する質問はうまく受け流し、あとはルッジェリの命で動いているという一点を隠し通せばいいだけだ。

それに引き換え、こちらは相手の情報を全くといっていいほど、摑《つか》んでいない。

何気ない雑談からでも、某《なにがし》かのヒントやキーワードを得られるチャンスが大いにある。

「それではシーモアさん。ひとまず私のプライベートな招待客として、アフタヌーン・ティーにいらして下さいませ。明日の午後二時、ホテルの一階ロビーへ迎えの者を向かわせます」

微笑んで言ったマクシムに、エレインも満面の笑みを返した。

「ご招待頂き、本当に光栄です、コールマンさん。明日を楽しみにしています」

5

翌日、エレインを迎えに来たのは、ロールス・ロイスのリムジンであった。

白手袋をはめた上品そうな運転手が一礼をして、後部座席のドアを開く。

「車内にはお飲み物などもございます。ご自由にお寛《くつろ》ぎ下さいませ」

「有り難う」

エレインは微笑み、厚いクッションシートに座った。

足元には毛足の長いフロアマット。上質なレザーとウッドパネルで装飾された車内は、まるで高級ホテルのようだ。

車は静かに走り出し、緩やかなカーブの続く山道へと入って行った。走行はスムーズで、揺れもなく、エンジン音さえ聞こえないほど快適な乗り心地だ。

エレインは備え付けのクーラーボックスからミネラルウォーターを取り、一口飲んだ。

幾つかの丘を越え、点在する古城の側を通り過ぎると、やがて目の前に、蔦《つた》の絡まる高い城壁が見えてきた。まるで中世の要塞《ようさい》を思わせるような佇《たたず》まいだ。

車は城壁沿いに暫く走り、重々しい錬鉄の門扉の前で停まった。

間違いない、ここがジュリアの居城だ。

門番と運転手が短い言葉を交わした後、門扉が開かれる。

木立の間を走り抜けると、幾つもの噴水と花壇が幾何学的に配置された、大庭園が現れた。其処此処《そここ》に飾られた古代彫刻やオブジェがエレインを圧倒する。

正面に聳《そび》えているのは、贅沢なファサードを持つ白亜の古城だ。

一体、どんな暮らしがあの城の中で行われているのだろうと、エレインの胸は高鳴った。

ところが突然、車は噴水の脇で停まった。

『シーモア様、こちらで少しお待ち下さい』

スピーカー越しに運転手の声がする。

何事かと思う間もなく、彫像の向こうから、マクシムが現れた。

車のドアが開かれる。

「ようこそ、シーモアさん。こちらでお降り下さい」

「ここで、ですか？」

「はい。ジュリア様ご自慢の温室がございます。主《あるじ》はそこでの面談をお望みです」

マクシムが恭《うやうや》しく一礼をした。

（成る程。そう簡単に、外部の人間を自宅に招き入れる気はないということね。少し残念だけど、ここは素直に従いましょう）

「分かりました。とても楽しみですわ」

エレインは微笑み、車を降りた。

マクシムが薔薇《ばら》を絡ませたアーチの下を歩いて行く。エレインもそれに続いた。

アーチは巨大な温室へと続いている。

「どうぞ、お入り下さい」

マクシムが温室の扉を開く。

エレインは、色とりどりの花々で溢《あふ》れかえった花園に足を踏み入れた。

マクシムに続いて歩いて行くと、花園の中心には豪奢《ごうしゃ》なテーブルと椅子が置かれており、側にメイドが控えていた。

テーブルの上には、ティーセットと、一口サイズのアミューズやデザートの盛り合わせが用意され、花が飾られている。

「お席におかけ下さい」

言われるがままに、エレインは着席した。

「こちらの温室には、ジュリア様が世界中から取り寄せた蘭が植えられております。数百種類のコレクションとなっておりますでしょうか。大変高貴で薫り高い花々です」

「そんな貴重なコレクションを拝見できるなんて、とても光栄ですわ」

マクシムの言葉に頷き、辺りを見回しながら、エレインはフェリシアのことを思い出していた。

＊＊＊

あれは二度目にフェリシアの家に招かれた、日曜日のことだった。

「その洋服、よく似合っているわよ、エレイン」

フェリシアは、自分の着古しを身に着けたエレインに向かって微笑んだ。

「有り難う、フェリシア。貴女《あなた》が親切にしてくれたお陰だわ」

エレインが心からの礼を言う。

するとフェリシアは人差し指をそっと唇に当てながら、こう言った。

「エレイン。貴女だけに特別、私のコレクションを見せてあげるわ」

「コレクション？」

「ええ。私ね、お人形をコレクションしているの。こっちに来て」

フェリシアはエレインの手を引き、広い屋敷を連れ回した後、一つの部屋の扉の前に立った。

その扉を開くと、大きな飾り棚の中に、沢山の人形が飾られていた。

可愛い赤やピンク色、青や緑色など、目の覚めるような鮮やかなドレスを着、大きな帽子やリボンをつけた、陶器の肌のフランス人形達だ。

フェリシアはその中から、豪華な白いレースを纏《まと》った人形を手に取り、エレインの前に差し出した。

「見て、エレイン。この子が私の一番のお気に入りなの。どうかしら？　お顔がエレインに似ているでしょう？　目の色や髪の色までそっくりよ。だからね、エレインも私の一番のお気に入りなの」

「えっ……」

目の前の綺麗《きれい》で華やかな人形と、惨めで貧乏な自分が似ているとはとても思えず、エレインは戸惑い、視線を泳がせた。

その時、視界に一体の人形が飛び込んできた。

（あっ、あの子は誰かに似ているような……）

少し考えて、エレインは思い出した。同じクラスのイライザに、雰囲気や髪の色が似ているのだ。

「そ、それよりフェリシア。あの子はイライザに似ていると思わない？」

するとフェリシアは不思議そうに、大きな目を瞬いた。

「イライザって誰？」

「クラスメイトのイライザよ。フェリシアの席の近くの子。お友達でしょう？」

だが、フェリシアは小首を傾げた。

「さあ、そんな子のこと知らないわ。私のお人形に似ているなら、私に分からない筈《はず》がないもの。だからきっと、その子は私のお人形に似ていないわ」

「……」

フェリシアがイライザを知らないなんて、信じられないことだった。

何故なら、イライザはフェリシアの熱心な取り巻きで、休み時間はいつもフェリシアの側にいるからだ。フェリシアの髪型や洋服、言葉遣いもよく真似している。

なのに、知らないなんてことが、あるのだろうか？

何も気付いていないなんてことが……？

黙り込んだエレインの手を、フェリシアは優しく握った。

「そんなこと、どうでもいいじゃない。それより、こっちに座って」

フェリシアは窓際のドレッサーの前にエレインを座らせ、引き出しからブラシを取り出して、エレインの髪を梳《す》いた。それからヘアアイロンを使うと、エレインの髪はふんわりとした巻き髪になった。

「出来たわ。ほら、似合うでしょう？」

「有り難う、フェリシア。髪をセットするのがとても上手なのね」

「ふふっ。それじゃあ出発よ。いい所に案内してあげる」

そう言うと、フェリシアはエレインの手を取り、再び広い屋敷の中を連れ回した。

そして今度は、裏庭に続く扉を開いたのだった。

途端に、眩《まばゆ》い真昼の日射しがエレインを包み込んだ。

前を行くフェリシアの周りには、名前も知らない花々が咲き乱れ、そよ風に揺れていた。

何処か夢見心地な気分で庭を進んで行くと、その先に大きな温室が建っている。

「この中で hide-and-seek（隠れんぼ）しましょう」

フェリシアはエレインの返事も聞かず、温室に駆け込んだ。

南国の様々な木や花が茂る広い温室の中は、小道が迷路のようにくねり、暑くて蒸し蒸ししていた。

「最初は私が鬼よ。エレインは、十数える間に隠れてね」

フェリシアはそう言うと、目を閉じ、一つ二つと数を数え始めた。

エレインは慌てて走り出しながら、隠れる場所を探した。

最初に目に付いたのは、大きな葉の陰だ。

けれど、道の先にある、椰子《やし》の木の大きな植木鉢。その後ろになら、上手に身を隠せそうに思われた。

フェリシアのカウントの声は、五を数えている。

(急がなきゃ!)

椰子の木に向かって、全速力で駆け出した時だ。足元に置かれていた空の植木鉢に足を取られ、エレインは側にあった花壇の中へ、勢いよく倒れ込んでしまった。

「キャッ!」

花壇を囲むブロックで切ったらしく、足から血が流れていて痛かった。手にも擦り傷が幾つかある。

痛む身体を起こし、土塗《つちまみ》れの手足を払っていると、何時の間にかカウントの声が止み、背後から足音が聞こえてきた。

見つかっちゃった?

それとも私の悲鳴を聞いて、助けに来てくれたの?

そう思いながら振り返った視界の先には、怒った顔でエレインを睨《にら》み付けているフエリシアの姿があった。

「その花壇のお花、私が植えたのよ。こんなに滅茶苦茶《めちゃくちゃ》にするなんて、エレインは悪い子ね！」

厳しい声が降り注いだ。

「ご免なさ……」

エレインの詫《わ》びも聞かないうちに、フェリシアは黙って踵《きびす》を返し、温室から出て行ってしまった。

ガチャリ。

外鍵《そとかぎ》をかけたらしき、大きな金属音が響く。

「えっ……」

エレインは半ばパニックになりながら、痛む足を引きずり、出口に向かった。

出口の扉には、やはり鍵がかかっていた。

分厚いガラス戸は、押しても引いても、ビクともしない。

「フェリシア、フェリシア、ご免なさい。許して！」

エレインは何度も泣き叫んだが、フェリシアが戻ってくる様子はない。

為《な》す術《すべ》もなく、エレインはその場に崩れ落ちた。

そのまま暫《しばら》く待っても、フェリシアは帰ってこなかった。

相当怒っているに違いない。

あれこれと親切にしてあげたエレインに、よりにもよって大切な花壇を壊されたのだから、彼女が怒るのも当然だった。

(せめて自分に出来る範囲で、元通りにしなければ……)

エレインはふらふらと、壊してしまった花壇へと引き返した。

倒れた花を起こしたり、土を掘って植え直してみたり、地面の形を整えたり、ブロックを元の位置に戻したりする。

(もう少し……もう少し、何とかならないかな?)

エレインは汗塗れ、土塗れになりながら、懸命に作業に打ち込んだ。

二時間ほどそうしていただろう。

顔は火照り、だんだん手に力が入らなくなってきた。

頭がぼんやり霞《かす》んで、嫌な汗と耳鳴りが止まらない。

足も小刻みに震え出した。

(何だか一寸《ちよつと》、疲れたみたい。少し休憩した方が……)

エレインは立ち上がろうとして蹌踉《よろ》めき、そのまま小道の上に倒れてしまった。

ギラギラとした日射しが、温室のガラス越しに照りつけていた。

とても暑かった。けれど、日陰を探して歩くことも、立ち上がることも、もう出来そうになかった。
身体の何処にも力が入らない。
……私、このまま死んじゃうのかな……
それはきっと間違いのないことだと思われた。
ぜいぜいと、熱く苦しい息が漏れる。
ちっぽけな人生だったな
最後にたった一人、優しくしてくれた恩人を怒らせて……
なんてつまらない人生……
意識が遠離《とおざか》っていく。
もう何もかもが終わると感じていた、その時だ。
突然、冷たい何かがエレインの頬に押し当てられた。
驚いて目を開くと、フェリシアの無邪気な笑顔がそこにある。
「フェ……リシア……ご免……なさい」

エレインは掠《かす》れた声で言い、気力を絞って上半身を起こした。

「それより、ほら、エレイン」

フェリシアは愛らしく微笑み、二つ持っていたアイスクリームの一つをエレインに差し出した。

「さっき、お母様のお友達が訪ねていらしてね。アイスクリームのお土産を下さったのよ。このアイス、とっても美味《おい》しいの。エレインも一緒に食べるでしょう？」

そう言うと、冷たいアイスの容器をエレインの手に握らせ、フェリシアはエレインの隣に座って、楽しそうにアイスを食べ始めた。

その瞬間、エレインは雷に打たれたかのように、全てを理解した。

フェリシアにとって他人など、ただの有象無象に過ぎないのだ。取るに足りない、雑多なもので、彼女の目に入ったり入らなかったりするだけのもの。

自分に親切にしてくれたのも、エレインが貧乏で、見窄《みすぼ》らしくて可哀想だから同情したとか、そんな理由じゃない。

ただ、自分のお人形に似ていたから。お気に入りだから。

全てはただの気紛《きまぐ》れなんだ。

それでいて、一欠片《ひとかけら》の悪意もない。

悪い感情でエレインを見下している訳でもないから、エレイン自身も自分を卑下したり、萎縮《いしゆく》したりする必要もない。
世界の全ては、彼女の気分次第――。
ただ、それだけなのだ。

なんて素敵なの……
フェリシア、貴女はまるで小さくて傲慢《ごうまん》な神様みたい

エレインはフェリシアの整った横顔を見ながら、アイスを一口食べた。
冷たさと水分が全身に染み渡るのを感じながら、エレインは幸福感に浸っていた。

＊＊＊

「シーモアさん。ジュリア様がお見えになりましたよ」
マクシムの声に、エレインはハッと我に返り、居住まいを正した。

6

華やかな蘭の花に囲まれながら、ジュリアが近付いてくる。

波打つプラチナブロンドの髪に、滑らかな白い肌。光沢のあるシルクのドレスシャツがよく似合う長い手足。印象的なエメラルドグリーンの瞳《ひとみ》。口元に浮かぶ不可解な笑み。

ルッジェリも申し分のないハンサムであるが、ジュリアの美貌《びぼう》は次元違いである。神々しいほど美しく、むしろ禍々《まがまが》しい感じすらする。

恐ろしくて、それでいて、惹《ひ》かれずにはいられない。

メイドが紅茶をカップに注ぎ始め、甘い薔薇《ばら》の芳香が漂う。

ジュリアはゆっくりとエレインの正面の席に座り、冷たい微笑をエレインに向けた。

「久しぶりですね」

「はい、お久しぶりです、ジュリア様。お元気でいらっしゃいましたか？」

「ええ。無粋な挨拶《あいさつ》はこれぐらいにして、冷めないうちに紅茶を頂きましょう」

ジュリアがカップを手に取った。

その仕草の優雅さに、整った顔立ちや長い睫毛《まつげ》に、思わず目が釘付《くぎづ》けになる。

「ジュリア様、こちらはローズティーですか？」

「そうですよ。ご婦人には良いと聞いていますので」

ジュリアは一口飲むと、カップをソーサーに置いた。

エレインはまず、目の前にあるティーセットを吟味した。

「こちらはセーヴルの物ですね。ブリュードロワ（王者の青）、アシッド・エッチング金彩、ライズド（盛金）ゴールド。どれも素晴らしいですわ。最高のアンクルスタシオン（金象嵌《きんぞうがん》）、美術品です」

エレインの言葉に、ジュリアは片眉《かたまゆ》を上げ、少し驚いた表情を示した。

「貴女《あなた》はなかなかの目利きですね。これはセーヴル製で、フォンテンブロー宮殿の会議室をモチーフに絵付けしたものですよ」

（よし、これで少しは関心を引けたかも知れない）

エレインはジュリアに微笑み返して、ローズティーを一口頂いた。

ジュリアは組んだ足に肘《ひじ》をつき、長い指に顎《あご》を載せ、エレインを窺《うかが》うようにじっと見た。

「それにしてもです。あの人使いの荒いルッジェリが、有休をたっぷり取らせるなんて、珍しいこともあるものですね」

早速、探りを入れられたようだ。

ここは臆《おく》せず、堂々と答えなければならない。

「はい。本当に、私自身も驚いていますわ。休みを取れだなんて、青天の霹靂《へきれき》でした。ただ、休暇を命じられた日、彼の女性達とのお付き合いに関して、少々小言を言い過ぎたかも知れません。それで、私を暫《しばら》く遠ざけたいと思われたのでしょう。いずれにしても、滅多にない幸運だと考えましたので、口約束を取り消されないうちに、急いで飛行機に飛び乗りましたの」

エレインは粛々と答え、紅茶をもう一口飲んだ。

「そうですか。確かに彼は、女癖が悪過ぎます。今にハニートラップに引っかかりますよ」

ジュリアは薄く笑った。

「ジュリア様も、そうお思いですか……」

エレインは柄にもなく悩んでいるふりをして、額に手を当てた。

「ご婦人を悩ませるなんて、困った男ですね。

そんなルッジェリのお守《も》り役を折角、外れた訳ですから、ゆっくりと羽を伸ばしたらどうですか？　パリ観光などは楽しみましたか？」

「はい。エッフェル塔の見えるホテルに泊まったり、ルーヴル美術館やヴェルサイユ宮殿を観光したり、街を散策したり、パーティーに出掛けたりと、毎日楽しんでいます。

　それでもまだまだ全然回りきれないぐらい、フランスは素晴らしい魅力に溢《あふ》れた国ですね。何処に行っても美しくて、文化の香りがします。

　まるでジュリア様のような国だと、お世辞ではなく、そう感じました」

「ほう……。そうまで言われますと、少しばかり、貴女に手を貸したくなりますね。うちの者に観光ガイドなどさせましょうか？　パリの名所ばかりではなく、穴場なども知っておくべきですよ」

「本当ですか！　是非、お言葉に甘えさせて頂きます。日にちは何時でも構いません。明日でも明後日でも！」

　思わぬ提案に、エレインは前のめりになって答えた。

　ジュリアが背後に立つマクシムを振り返る。

「マクシム。明日と明後日、ご婦人のガイド役に適任な者はいますか？」

「でしたら、アダンは如何《いかが》でしょう」

　マクシムが即答した。

「アダン？」

「はい。半年ほど、当家で執事見習いをしております、二十代の若者です」

「そんな未熟者で大丈夫ですか？」

ジュリアは懐疑的に問い返した。

だがその途端、エレインは閃《ひらめ》いた。

マクシムのような手練《てだ》れを懐柔したり、彼（ら）からこちらに有益な情報を聞き出したりするのは難しい。いや、殆《ほとん》ど不可能だろう。

だが、まだ見習い中の若者なら、うっかり口を滑らせたり、一寸《ちょっと》した隙を見せたりする可能性が高い。情報を聞き出す相手としては、最適だ。

「あの、私なら、その方で充分です。ジュリア様が邸《やしき》に戻られて、皆様お忙しい中、それ以上を望むなど、罰が当たります。ジュリア様が私などに気持ちをかけて下さった、それだけで本当に、心から有り難いのですから」

するとマクシムが話に入ってきた。

「シーモアさんはこのように仰《おっしゃ》っておりますが、如何なさいますか、ジュリア様。私としましては、アダンが当家に相応《ふさわ》しい使用人かどうか試すにも、良き機会かと考えますが」

「マクシムがそうまで言うなら、いいでしょう。彼にはくれぐれも、当家の名に恥じぬ接待を、と伝えておきなさい」

「はい」

マクシムは深く頭を下げた。そしてエレインに向き直った。

「シーモアさん。アダンに失礼なところや、気の利かぬところがありましたら、遠慮なく私にお伝え下さい」

「分かりましたわ。お心遣いに感謝致します」

　エレインは丁寧に答えながら、心の中でガッツポーズをした。

「それではまず、時間の確認ですが、明日は何時にお迎えにあがりましょう？」

「ホテルのチェックアウトが十一時ですから、その時間に迎えに来て下さると助かります。

　それからパリに戻って、明日明後日と、穴場のスポットを紹介して頂きたいです」

「問題ございません。パリは当家の庭のようなものですからね」

「有り難うございます」

　二人のやりとりを黙って聞いていたジュリアは、紅茶を飲み終わったタイミングで席を立った。

「では、いずれまたお会いしましょう」

　エレインにそれだけを言い、ジュリアは悠然と去って行った。

　その後ろ姿を見送ったマクシムが、改めてエレインに向き直る。

「さて。それではシーモアさん。今日はホテルまでアダンに送らせます。お互いに面識がある方が、明日からのガイドもスムーズでしょうから。

宜《よろ》しければ、当家のデザートなどを楽しみながら、アダンをお待ち下さい」

マクシムはエレインに一礼すると、内ポケットから携帯電話を取り出し、「アダンを温室に来させるように」と、部下に指示を出した。

エレインは紅茶とデザートを味わいながら、アダンを待った。

暫くすると、ブルブルと芝刈り機のようなエンジン音がして、白いランドカーが走ってくるのが見えた。

ランドカーは温室の近くに停まり、でっぷり太った大男があたふたと降りてくる。

大男が温室の扉を開けた。

「こちらに来なさい、アダン」

マクシムが手招きすると、アダンはエレイン達の近くまで走ってきた。

そしてぜいぜいと息を切らし、額の脂汗を拭《ぬぐ》った。

その赤ら顔は、緊張でガチガチに強張《こわば》っている。

美麗なジュリアの邸には余り相応しくない感じの男だが、力仕事などは得意そうだ。

マクシムにしても、使い勝手の良さはあるのだろう。

それより何より、いかにも新入りらしく、場慣れしていない様子が、こちらにとって好都合である。

エレインがそんなことを思っていると、マクシムがアダンに言った。

「アダン。こちらのご婦人は、エレイン・シーモアさん。当家の客人だ。お前には、明日と明後日、シーモアさんのパリ観光のガイドを務めてもらう。分かったな。詳しいことは、後で私が教えよう」

「はいっ、畏《かしこ》まりました」

アダンはまずマクシムに、続いてエレインに深く礼をした。

（この男なら、うまく丸め込めそうね）

エレインはそう思いつつ椅子から立ち上がり、微笑んでアダンに握手を求めた。

「どうぞ宜しくお願いします」

7

マクシムと別れた二人は、ランドカーに乗り込んだ。

アダンがハンドルを持ち、エレインは隣に座り、広い庭を駐車場へと向かう。

アダンからは、汗とコロンが混じった、独特の匂いが漂ってくる。

鼻が曲がりそうになるのを堪《こら》えながら、エレインはアダンに接近を試みた。

まずは親しみのアピールが大切だ。

そこでエレインは大きく伸びをし、ほうっと息を吐いた。

「あー、緊張したわ」

するとアダンは驚いた顔で、ちらりとエレインを見た。

「シーモアさんでも、緊張することがあるのですね」

「ふふっ。当然じゃない。ジュリア様といえば、私の上司のビジネスパートナーなんですもの。

それよりね、アダン。私のことはシーモアさんなんて呼ぶ必要ないわ。同じ雇われ者同士よ。どうぞエレインと呼んで」

「……そ、それは……無理です。出来ません」

アダンは緊張して答えた。

「どうして？　お互いの上司もいないのよ。堅苦しいのは無しにしましょう」

「じゃあ……その……エレイン」

「そうそう。リラックスして、普段のままの貴方《あなた》でいいのよ」

「分かったよ。普段の俺のままだな。じゃあ、俺のこともマルセルって呼んでくれ」

「オーケー、マルセル。明日から宜しくね」

二人は顔を見合わせ、微笑んだ。アダンの赤ら顔が一層、紅潮している。

「ところでエレイン。今日はこれから君をシャトー・ル・プリウレへ送って、又、明日の十一時に、ホテルへ迎えにいけばいいんだよな？」

「ええ、お願いね。明日の十一時に待ってるわ」

ランドカーは駐車場に到着した。

二人がリムジンに乗り換えるべく、ランドカーを降りる時、エレインはアダンがにんまりと笑っているのを見逃さなかった。

(第一接触は良好ね。これから上手《うま》く取り込んでやるわ)

アダンの運転で、リムジンがシャトー・ル・プリウレに到着する。

エレインは丁重に礼を言って車を降り、にこやかにアダンに手を振った。

「じゃあ、又、明日な、エレイン」

「ええ。気を付けて帰ってね、マルセル」

ホテルの部屋に戻ったエレインは、パリでのショッピングで一杯になっていたスーツケースを広げ、明日着るべき服を選び始めた。

今日よりもカジュアルで、上品さも備えた、オフショルダーのワンピースを選択する。

それから窓際に座り、明日からの予定に必要なものをリストアップし始めた。

翌朝。彼女はゆっくりシャワーを浴びた後、男から魅力的に見えるよう、メイクを入念に施した。

ワンピースから見える首元や鎖骨にも、しっかりスキンケアとメイクを施す。髪を整え、アクセサリーをつける。

男というのは簡単な生き物だ。魅力的に見える女性には、脇が甘くなる。お洒落《しゃれ》をするのはその為である。

フロントでチェックアウトを済ませていると、アダンがやってきた。今日はスーツ姿だ。

なかなか仕立てのいいスーツである。

「おはよう、マルセル。スーツがお似合いね」

「そ、そうかい？」

「ええ」

「迎えに来たよ、エレイン。さあ、行こう」

アダンはエレインのスーツケースを持った。

エレインを見るアダンの目は、瞳孔《どうこう》が開き気味のせいで、キラキラしている。

どうやら彼の関心を引くことは出来ているようだ。

他愛もない会話をしながら、玄関へ向かう途中、アダンはエレインのワンピースの襟ぐりから見える白い肌や鎖骨、くびれた腰をちらちらと見ていた。

ホテルを出ると、停まっていたリムジンの運転手がエレイン達に一礼をする。

「あら。今日は貴方が運転するんじゃないのね」

エレインは、アダンの小さな目を見詰めて言った。

ここからパリまでは二時間。その間に、アダンとの距離を詰めようと考えていたが、作戦変更である。

「そうなんだ。マクシム様が、二人でお酒も飲むだろうからと、運転手は別に付けてくれたんだ」

「とても気が利く方ね。流石は筆頭執事だわ」

「だろう？」

二人はリムジンの後部座席に乗り込んだ。

車が滑るように発進する。

アダンとの会話が運転手の耳に入る可能性がある以上、疑わしい言動はしたくない。

そこで、こちらを向いて話したそうにしているアダンに、エレインはすげなく言った。

「今朝から頭痛がするの。少し眠ってもいいかしら」

「あ、ああ……勿論《もちろん》だ」

「さっき頭痛薬を飲んだから。一、二時間もすれば治ると思うわ」

「そうか。分かった」

エレインはバッグから取り出したサングラスをかけ、眠ったふりをした。

何度かアダンがこちらを覗《のぞ》き込む気配があったり、声をかけられたりしたが、全て無視をする。

やがてリムジンはパリに到着した。

「着いたよ、エレイン」

アダンの声にサングラスを外し、目を擦《こす》って、エレインは車窓の外を見た。

「本当だわ。よく寝ちゃった」

「頭痛は大丈夫?」

「ええ……。もう大丈夫みたい」

「おお、そいつは良かった」

「ところで、これから何処へ連れて行ってくれるのかしら?」

するとアダンは慌てた様子で、胸ポケットからメモの束を取り出した。

マクシムから預かったマニュアルだろう。

「ええと……。まずはパサージュ・ジュフロワだ。アーケードのあるショッピング通りで、昔ながらのパリの雰囲気が味わえる。散策にはもってこいだそうだ」

「素敵ね」

アダンは「うん」と頷《うなず》き、運転手に行き先を命じたのだった。

モンマルトル大通りで車を降りると、ビルの一階を貫くようにして、アーチ型のトンネルが奥へ続いている。

入り口にある説明によれば、一八四七年、グランドホテル・ロンスレイの一階部分に、モンマルトル大通りから裏通りへ歩行者が通り抜ける為の「パサージュ（通路）」として作られたものらしい。

一歩、中に入る。光が降り注ぐ天井のガラス屋根と、それを支える鉄のフレームの装飾が美しい。床のタイルも素晴らしい。

そんな通りの左右には、何ともレトロな風情の店舗がびっしりと並んでいる。十九世紀のパリの繁栄が、そのまま封じ込められたかのような空間だ。そこに古さ故の侘《わび》しさが加わって、郷愁のような物悲しさが立ち込めていた。

お菓子屋、雑貨小物店、子ども向けの玩具《がんぐ》店、アクセサリー店などがあったかと思うと、万年筆専門店やステッキ専門店といった変わり種や、古本屋が軒を連ねていたりもする。

エレインはショーウインドウの前で立ち止まったり、時折、店内に入って品物を手に取ったりしながら、散策を楽しんだ。

アダンはというと、困惑気味の顔をして、黙ってエレインに付いてくる。

そして、エレインが「これって、素敵ね」とか「これ、どう思う?」と声をかける度に、気の利いた返事も出来ず、「お、おお、そうだな」などと答えるのだった。

裏通りに抜けるまで、パサージュを歩き切った所で、エレインはくるりとアダンを振り返った。

「ねえ、お腹が空《す》かない?」

「えっ、うん。まあ……」

「来る途中にサロン・ド・テ(喫茶店)があったわ。一緒にランチを食べましょうよ」

「おお、それもいいな」

「お疲れ様。女性のショッピングのお供なんて、退屈だったでしょう?」

「そっ、そんなことはないよ、エレイン」

二人は喫茶店の二階に通され、紅茶とオムレツとサラダ、クロワッサン。そして大人気だというモンブランを注文した。

他愛ない会話をするうち、食事も終わり、モンブランが運ばれてくる。

「こいつは美味《うま》いな」

「ふふっ、本当にそう」

そこでアダンはふと、遠い目になって天井を見上げた。

「しかし……エレインの上司は、いい上司だな。フランス旅行を許可してくれるなんて」

「そうでもないのよ。人使いは荒いし、お金にも女性にもだらしがなくて……。お陰で、私は尻拭《しりぬぐ》い係ってとこ」

他人の弱味を知りたければ、まず自分の弱味を晒《さら》すことだ。

エレインは憂い顔で、溜息《ためいき》を吐いた。

「そうか、そりゃあ大変だな」

「ええ。今回の休暇だって、上司の気紛《きまぐ》れで突然、決まったことで、本当に特別なのよ。

マルセルの方のお仕事はどう？　まだ見習いって聞いたけど」

「俺の方は……まあ、そうだな、まあまあかな……」

アダンは言い淀《よど》んだ。

仕事上の悩みや不満がありそうだ。そこを聞き出したい所だが、まだ焦る必要はないだろう。

「そう。それじゃあ、この後は何処へ行く？」

「エレインはどうしたいんだ？」

「私、グレヴァン蠟《ろう》人形館へ行きたい。さっき看板を見たわ」

「蠟人形館だって？　変わった趣味だな」

「どうして？　面白そうじゃない。行きましょう」

そうして二人は蠟人形館へ行った。

アインシュタインやマイケル・ジャクソンといった著名人の蠟人形と共に、ふざけたポーズで、互いに撮影をしあったり、火刑にされているジャンヌ・ダルクやルイ十六世の幽閉生活といった怖いテーマのリアルな蠟人形に、小さく悲鳴をあげたりしながら、二人は大いに笑った。

勿論、エレインの笑いは演技である。

まるで学生のデートのように振る舞い、アダンが心を許すのを待つ。

それから一旦《いったん》、車に戻り、アダンはエレインをモンソー公園へ誘った。広さ八ヘクタール程度の観賞用庭園だ。

「ええと、クロード・モネがここで六作品を描いた他、作家マルセル・プルーストが散歩したりした公園としても有名、なんだとさ」

アダンがマニュアルのメモを読みながら解説する。

「そうなんだ。芸術家に縁のある庭園なのね。絵画みたいに綺麗《きれい》だわ」

「マクシム様が、きっとエレインの気に入るだろうと仰《おっしゃ》っていた」

「ええ、とても気に入ったわ。ねえ、マルセル、あの辺に座らない？」

エレインは木陰になっているベンチを指差した。

「えっ？　い、いいけど……」

二人並んで、空を見上げる。

「いい天気ね」

「そうだな」

アダンは大きく伸びをした。

二人は暫《しばら》く、無言で心地いい風に吹かれていた。

「毎日、秘書の仕事でくたくただったから、こうしていると、心が落ち着くわ」

「俺も、その気持ちは分かる。執事ってのがこんなに大変な仕事とは思わなかったよ」

「秘書の仕事とは少し違うのかしら？」

「多分な」

「詳しく教えてよ」

「聞いても面白くないと思うぞ」

「そんなことはないわ。夜にはワインでも飲みながら、お互いに仕事の愚痴でも言い合いましょうよ。ストレス発散よ」

「ははは。それも悪くないかもな。ディナーのレストランのリストなら、マクシム様のお勧めが……」

再びアダンがマニュアルのメモを取り出そうとする手を、エレインは握って止めた。

「堅苦しい所は止めましょう。私はもっと大衆的でオープンな感じの店がいいの。そうね、マルセル、貴方《あなた》がよく行きそうな店がいいわ」

「えっ、そんなんで、いいのかい？」

「ええ、それがいいの。私は貴族の淑女じゃないのよ。庶民の生まれなの。そういう所の方が、遠慮せず飲み食い出来るんだって」

「よし、じゃあ適当に行ってみるか」

「そうしましょう」

それから二人は、公園に隣接したニッシム・ド・カモンド美術館へ足を運んだ。

パリの銀行家であるモイズ・ド・カモンド伯爵が、マリー・アントワネットのお気に入りだった離宮プチ・トリアノンを真似て造ったというその建物の内部には、当時の貴族の暮らしぶりがそのまま残され、展示されている。

溜息の出るような見事な調度品、選び抜かれた美術品、美しい曲線の螺旋《らせん》階段。それぞれインテリアの異なる書斎やサロン、図書室といった部屋には、まるで完璧《かんぺき》な美というものに取り憑《つ》かれたかのような、主《あるじ》の執念めいた迫力が感じられた。

台所に置かれた、ピカピカに磨かれた銅製の鍋《なべ》一つにさえ、美が込められている。

膨大な食器のコレクションを飽きずに見ていたエレインに、とうとうアダンが呆《あき》れたように言った。

「なあ、この皿って……そんなに凄《すご》いのか？」

エレインは、はたと我に返った。

（そうだった、アダンが居たんだわ）

「夢中になっちゃって、ご免なさい」

「皿なんて、使えりゃ何だっていいだろう？　なあ？」

同意を求めてきたアダンに、エレインは苦笑した。

「まあね。もう充分見たから、あとは適当に回りましょう。それで、気軽なブラッスリーにでも行きましょう」

「おう、そうだな」

美術館を出た二人は、再び公園の中をゆっくり歩いて車に戻った。

シャングリ・ラ・ホテルでチェックインを済ませ、オベルカンフ地区と呼ばれる繁華街へ車を走らせる。

町をぶらつき、安いブラッスリーを見付けた二人は、そこへ入った。

ブラッスリーとは、カジュアルにお酒が楽しめる、大衆酒場といった所だ。

程よく賑《にぎ》わう店内で、向かい合わせの席に座り、ポテトフライやソーセージプレート、ムール貝のソテー、ウフ・マヨ、ボトルワインを注文する。

ワインで乾杯し、運ばれてきた料理を皿に取り分けながら、エレインは話し始めた。

「こういう所、本当に落ち着くわ。そもそもね、私の実家は貧乏だったのよ。だから懐かしい感じがするの」

「へえ、そうなのかい？　意外だな」

「そう？　私の父は厄介な人で、全く働かなかったの。だから子どもの頃から、自分はしっかり自立しなきゃと思って、一生懸命勉強して、大学に入ったのよ」

「そうか……。苦労したんだな。俺も似たようなものだ。うちは母がシングルマザーで俺を育ててくれたんだ。だから親孝行をしなきゃと思って、一生懸命働いてきたよ」

「貴方も大変だったのね」

二人は、そんな互いの境遇を話し合いながら、ワインを空け、追加注文をし、大いに飲み食いをした。

二時間ばかりが経過すると、酔ったアダンの口が軽くなり始めた。

エレインは、そろそろ本題に入ることにした。

「ねえ、マルセルはどうして今の仕事に就いたの？　誰かの紹介？」

「いや、違うんだ。俺がセールスマンをしていた前の会社が去年、倒産しちまって、何とか稼げる仕事はないかと、ネットや新聞を調べていたら、たまたま今の職場が求人募集をかけてたんだよ。

給料は良かったし、見習い期間が終わって正規の執事になれたら、もっと貰《もら》えるっていうから、駄目元で面接を受けたのさ。そうしたら、何故だか受かったんだ」

「へえ、凄いじゃない。それで、今の職場はどう？」

アダンの顔を覗《のぞ》き込んだエレインに、彼は憂鬱《ゆううつ》な表情を見せた。

「予想外だったね」

「予想外？」

「ああ、何て言うのかな、執事っていう職業ってさ、もっと単純な仕事だと思ってたんだよ」

「違うの？」

「ああ。言われたことをやるのは問題ないんだが、それ以外に目が回る程、覚えることがあるんだ」

「へえ。例えば？」

「そうさな。例えば上流階級の食事のマナーとか、パーティーでの立ち居振る舞い。喋《しゃべ》り方。挙句の果てには、城の歴史やら、皿やカップの目利きまで求められるんだよ」

「それは大変ね」

「そうなんだ。慣れないことばかりで、正直言うと付いていけない、って感じてる。こんな調子じゃ、正執事になれないんじゃないかと、不安に思うよ」

「そうなのね……。もし正執事になれなかったら、どうするの？」

するとアダンは、真っ赤になった顔を顰《しか》めた。

「いっそのこと、辞めて、違う仕事を探した方がいいかも知れないと思ってる」

アダンは深い溜息《ためいき》を吐いた。

(仕事を辞めたいなんて、これはチャンスだわ)

エレインは、心から同情した表情をして、押し黙った。

急《せ》いては事を仕損じる。餌は、ゆっくりと目の前にちらつかせた方が効果的だ。

「それにな、あの職場は何て言うか、不気味なんだよ」

「どういうことかしら?」

「上手《うま》く言えないけど、職場では一寸《ちょっと》した冗談も言えない雰囲気でさ。皆、ロボットみたいに動いてる。それに雇い主も、大した金持ちのようだけれど、何をしている人物か、見当が付かない。なんだか妙な感じなんだ。

おっと、今の話は、マクシム様やジュリア様には内緒だぜ」

「分かっているわよ。絶対に内緒にすると誓うわ」

「頼んだよ」

「ええ」

二人は、ワインを三本も空けた。

アダンは更に饒舌《じょうぜつ》になって、幼少期の苦労や、失業をきっかけに、結婚を約束していた女性と別れる羽目になったことなどを、ぐちぐちと喋っていた。

エレインはその話に付き合って、いかにも彼の話に興味があるといった風情を装っていたが、実際の所、おざなりにしか聞いていなかった。

それよりも、アダンが仕事を辞めるつもりがあるということの方が重要だ。

仕事への不信感は、彼を裏切らせる為の良い材料になる。

二人は店を出て、バーに行き、そこに腰を据えて更に飲んだ。

結局、二人がバーを出たのは、夜の十一時だ。

車でホテルまで送ってもらったエレインは、「今日は飲み過ぎちゃったから、明日は遅めの午後三時に迎えに来て欲しい」と告げ、部屋に戻った。

だが当然、彼女は酔っていなかったし、そもそも酒に飲まれたことなど、人生で一度もなかった。

エレインは部屋で紅茶を飲みながら、アダンを懐柔し、自分の役に立ってもらう為の作戦を練り始めた。

8

翌朝、エレインは八時に起きて身支度をし、アルノー＝ジュベール探偵事務所に向かった。

玄関扉をノックして開くと、突き当たりのデスクに座って資料を捲《めく》っていたジュベールが、顔を上げる。

「これは、ブラウンさん。突然のお越しですね」

「緊急の用があるんです。実は、先日お願いしたエドモン・マクシム・コールマン氏とその邸《やしき》に関して、内部に協力者が出来そうなんです」

「そいつは朗報ですね」

「ええ。その者に、盗聴器を仕掛けてもらう場合、設置が簡単でバレにくい盗聴器はありますか？」

するとジュベールは鍵《かぎ》付きのガラス戸棚を開き、クレジットカードのような物と、コンセントの形状の物を取り出して、エレインの前に置いた。

「こちらは最新のカード型盗聴器です。ご覧の通り小さく、厚みも僅《わず》か六ミリですから、家具と壁の隙間や家具同士の隙間、家具の背面、衣類やバッグのポケットなどに入れれば、かなり見つかりにくいでしょう。電池寿命は約四十時間で、その都度電池を入れ替える必要があります。

一方、こちらの三個口コンセントタイプのものは、コンセントから電力が供給出来ますので、電池交換の必要がありません。通常のコンセントとしても機能しますから、現在使用されているコンセントと入れ替えるだけです。

あとはそうですね、車に取り付けるGPSなどもお勧めです。尾行に役立ちます」

「分かりました。では、カード型のものを三つと、コンセントタイプを二つ。GPSを二つ下さい」

「盗聴器を仕掛けますと、半径一キロ以内の場所から会話を傍受出来ます。いつからとご指定頂ければ、私かスタッフがターゲットのお邸の近くで張り込みますが、如何《いかが》致しましょう」

「是非お願いします。恐らく明後日には、仕掛けられると思います。料金についてですが、ひとまず前金で、こちらをお支払いします」

エレインは五万ユーロの入った封筒をジュベールに差し出した。

ジュベールが中を確認し、徐《おもむろ》に頷《うなず》く。

「確かに、承りました」

探偵事務所を出たエレインは、アルマーニの店舗でスーツを一着買って、ホテルに戻った。

ルームサービスでブランチを摂《と》り、シャワーを浴びて、アダンとの対決準備にかかる。

買ったスーツは、女らしいエレガントさがありつつ、キャリアウーマンとして信頼出来るイメージを与えるものだ。

メイクは昨日より控え目のナチュラルメイクを施す。

眉《まゆ》をやや太めに描くのは、力強さを印象づける為である。

そして、靴はお気に入りのルブタンだ。

三時になると、フロントから電話が入った。アダンが迎えに来ていると言う。

エレインはフロントに向かった。

現れたエレインを見たアダンは、目を大きく見張った。

「いやあ……驚いた。昨日のエレインも素敵だったが、今日はすっかり見違えたぜ」

「そう？　これが普段のビジネスーツよ」

「ほう。スーツ姿ってのも、いいもんだ」

「着慣れているからね。それで今日は何処に案内してくれるの？」

「ヴォージュ広場はどうかな？　パリで最古の広場で、ゆっくり出来ると思うんだが。かつてはリシュリュー枢機卿《すうききょう》や文豪ヴィクトル・ユゴーなんかが住んでいた所らしい」

「素敵ね。早速、エスコートして頂戴《ちょうだい》」

二人は車に乗り込み、お洒落《しゃれ》に敏感なパリジャンやパリジェンヌが集まるマレ地区の一角に向かった。

かつて多くの貴族が暮らしていたエリアというだけあって、街並みや並木が美しい高級住宅街である。

ヴォージュ広場には噴水のある美しい広場を囲むように、白い切石と赤レンガ造りの三十六の邸宅が建っていた。邸宅の一階部分はアーケードの回廊になっており、カフェやアートギャラリーが並んでいる。

二人はカフェのテラス席でワインを飲みながら寛《くつろ》いだり、広場を駆け回る子ども達に目を細めたりした。

ヴィクトル・ユゴー記念館に立ち寄り、修復中のノートルダム大聖堂の前を通り、ピカソ美術館を回り終えると、もうすっかり夜である。

「今日も食事は、大衆的な所がいいかい？」

アダンの問いに、エレインは首を横に振った。

「今日は私のお勧めのレストランでどうかしら？」

「おう。それもいいな」

そう。今日はエレインが羽振りの良い人物であることをアダンに示さなければならない。

二人は車に乗り込み、高台の方へと移動した。パリの夜景を一望出来る高級レストランに到着する。

店に入り、予約済みの半個室に着席したエレインは、早速、ドン・ペリニヨンを注文し、メニューにある最高値のコースを頼んだ。

アダンは目を白黒させている。

「マルセルも同じ物でいいわよね」

「あ……ああ」

二人の料理が運ばれてきて、シャンパンがグラスに注がれる。

エレインはゆっくりとシャンパンを飲みながら、話を切り出した。

「私、昨日、貴方《あなた》が言ったことを考えていたの」

「俺が言ったこと？」

「ほら、今の職場が合わないって言っていたでしょう」

「ああ、そのことか。別の仕事が見つかるまで、暫《しばら》くは我慢するしか仕方ないよ」

「そんな貴方に、職を紹介したいの。勿論《もちろん》、給料は今までより高額よ。そして、色んな業種があるから、貴方がやりたい仕事を選べるわ」

「ほっ、本当か？」

アダンは喜び、椅子から腰を浮かせた。

「ええ。私のボスが一声かければ、それぐらいなんてことはないわ」

「そりゃあ、有り難い話だぜ」

「ただね、私が個人的に親しみを感じているからという理由だけで、貴方を推薦するのでは弱い気がするの」

「そ……そうか……。じゃあ、一体、どうすりゃいい？」

そこでエレインは静かに、テーブルに身を乗り出した。

「一つ、いい方法を考えたのよ」

「いい方法とは？」

アダンがごくりと生唾《なまつば》を呑《の》む。

「ボスが気に入るような手土産を、貴方が持って行けばいいの」

「その……エレインのボスってのはジュリア様ぐらい大金持ちなんだろう？　そんな人が喜ぶような手土産を用意するなんて、俺の力じゃ無理だぜ」

「それが、一つだけあるのよ」

「何だいそりゃあ？」

「うちのボスへの手土産は、情報よ」

「情報？」

「ええ。情報っていうものの大切さを何より知っている人だから」

「だが、どんな情報がいいんだ？　俺なんて、大した情報持ってないぜ」

「灯台下暗しね。貴方の周囲には、うちのボスが欲しくてたまらない情報が転がっているわ。それは貴方のボス、ジュリア様のことよ」

「ジュリア様の？」

「ええ。実を言うとね、ボスはジュリア様に不信感を抱いているの。ビジネスパートナーとして大丈夫かどうかと」

「ああ……成る程」

「それが今、一番のボスの懸念材料。だから、ジュリア様が信用に足る人物であろうとなかろうと、正確な情報さえ持って行けば、ボスは大喜びで、貴方に仕事を与えるわ」

アダンはううむ、と難しい顔で唸《うな》った。

「けど、どうやってそんな情報を……」

「端的に聞くけど、マルセル。貴方は屋敷の中を自由に動ける？」

「ああ、それが執事の仕事だからな」

「屋敷の中に、監視カメラは？」

「玄関や庭先にはあるが、中にはないよ」

「じゃあ……これ」

エレインは盗聴器とGPSが入った小袋を、テーブルの下からアダンに差し出した。

「何だい、これは」

「盗聴器よ。ジュリア様の周辺に仕掛けたらどうかしら。GPSの方は、ジュリア様がよく使う車に取り付ければ、彼の行動が追える」

アダンの目を真っ直ぐ覗《のぞ》き込んだエレインに、彼は眉を寄せた。

「盗聴器だのGPSだのを仕掛けるなんて、一寸《ちょっと》、勇気がいるな……」

「貴方の将来の為よ、マルセル。

これまで貴方も私も、一生懸命働いてきた。そして私のボスの下でなら、貴方のその頑張りは評価されるわ。この私のように、贅沢《ぜいたく》を楽しむことだって出来る」

そう言われて頷き、小袋を受け取ったアダンの手は、汗ばんでいた。

「あんたを信用していいのかな？」

「勿論よ。信用して頂戴」

「……なあ、もし上手《うま》くいかなかった時は、どうなるんだ？」

「それでも努力してくれたと、ボスに推薦するわ」

アダンは暫く無言だった。

そして少し口籠《くちご》もりながら、こう切り出した。

「あんたの言うことを聞く気にさせてくれないか？」

「どういう意味かしら？」

「何て言うかその、あんたからのご褒美も、あっていいと思うんだ。俺は一度でいいから、あんたみたいないい女と……。その……。分かるだろう?」

アダンは、甘えるような上目遣いでエレインを見た。

つまりは肉体関係を持ちたいということだ。

想定内ではあったが、やはりうんざりする展開である。

(図々《ずうずう》しい男ね……)

エレインは内心の嫌悪感を抑えつつ、アダンを見詰め、少し微笑んでみせた。

「つまりスキンシップで、お互いの友好関係を確かめ合いたいということね?」

「そ、そう、それだよ」

「分かったわ。でも一度だけよ。それ以上はこれからビジネスの関係になるんだから不味《まず》いわ」

「じゃあ、今晩でも……」

「今晩は急ぎ過ぎよ」

「じゃ、じゃあ……」

アダンはポケットから手帳を取り出して、捲《めく》り始めた。スケジュールを確認している様子だ。

「明後日はどうだい? 夜の予定は空いてる」

「分かったわ。その代わり、盗聴器の方はなるべく早く仕掛けてね」

「おっ、おう！」

アダンはすっかり鼻の下を伸ばし、にやにや笑いながら答えたのだった。

＊　＊　＊

アダンと別れて、部屋に戻ったエレインは、早速、フェアリー・エージェントという派遣会社のオーナーに、国際電話をかけた。

簡単に言えば、一晩五千ドルの高級コールガールを派遣する会社であり、あらゆるタイプの女性が見つかるのが特徴だ。

特別な接待の場面で、この手のサービスを要求されることは、少なからずある。そこでエレインが最も信頼できる仕事相手と見込んでいるのが、この会社のオーナー、チャーリーである。

「チャーリー、私よ」

『シーモア様、いつもお世話になっております』

「昨日頼んでおいた女性に、目星はついたかしら？」

『はい。シーモア様とよく似ており、フランス語が話せるという条件でしたね』

「ええ。難題だったかしら？」

『とんでもございません。当社はお客様のどのようなご要望にもお応《こた》え致します。早速、四人の候補者を選んでおります』

「そう。彼女らのデータを見せて貰《もら》える？　最終的には私が選びたいわ」

『勿論でございます。今から彼女らのプロフィールや面接時の動画をお送り致します』

暫《しばら》くすると、エレインのメールアドレスに、四人の女性の写真、身体のサイズ、略歴とアピールポイント、動画などが送られて来た。

写真をチェックすると、どの女性もエレインと同じ髪色、目の色をしていて、顔立ちや背格好も似ている。照明を落とした室内で、のぼせ上がった男が相手なら、充分騙《だま》せるだろう。

短時間でこれだけの人材を揃えるとは、流石はチャーリーである。

更に、彼女らの立ち居振る舞いや声の調子を動画で慎重にチェックしたエレインは、四番目の女性、仕事名をローリーというコールガールに決めた。

エレインは再度、チャーリーに電話をかけ、彼女を明後日の午後四時に、シャングリ・ラ・ホテルのスイートルームに寄越すようにと依頼したのであった。


当日の午後四時。ローリーがやって来た。

髪型もメイクも、エレインに似せる工夫をしてきたローリーは、実の妹と称しても疑われないレベルになっている。

ローリーの容姿に満足したエレインは、彼女をソファに座らせ、その向かいに腰を下ろした。

「よく来てくれたわ、ローリー。段取りを説明するわね」

「はい」

「客がやって来るのは、午後七時頃。そしてこの部屋にはコネクティングルーム、つまり続《コネクティング》きの隣部屋があるの」

エレインは立ち上がり、コネクティングドアを開いてみせてから、席に戻った。

「私は客と一時間ほどお酒を飲んで、ベッドルームに彼を誘い込むわ。その間、貴女《あなた》は扉の向こうで待機していて。

それから私が、シャワールームに入る。

貴女はシャワーの音と共に、隣部屋から出て、私とすり替わって欲しいの。そして客の許《もと》に行って頂戴《ちょうだい》。

行為の最中は、なるべく過剰なサービスは無しで、上品に抱かれて欲しいわね」

「分かりました。もし何か質問されたら、どうします？」

「適当にはぐらかして。もし執拗《しつよう》なようなら、キスでもして口を塞《ふさ》いでやって頂戴」

「はい、お任せ下さい」

「代金は普段通り、会社に振り込むけれど、これは貴女へのチップよ」

エレインは現金の入った封筒をローリーに手渡した。

「有り難うございます」

ローリーがバッグに素早く封筒をしまう。

「他に質問がなければ、仕事の時間まで、隣部屋で自由に寛《くつろ》いで頂戴。ルームサービスを取ってくれてもいいわ」

「はい、分かりました」

ローリーは会釈して、隣部屋へ入って行った。

一方、エレインはアダンを出迎える準備に入った。

まず必要なものは、酒と睡眠薬である。

バッグから取り出した錠剤の睡眠薬を潰《つぶ》し、粉になったものを一口舐《な》める。

少し苦いので、ワインに入れれば気付かれる可能性がある。苦めのビールに溶かすのが良さそうだ。

最初にビール、それからワインという順序で、睡眠薬の効き目が出るまでの一時間程度、時間を稼ぐ必要がある。

エレインは備え付けのバーカウンターに、ティッシュに包んだ睡眠薬を置くと、ルームサービスでビールとワイン、つまみのキャビアとチーズとクラッカー、ロブスターサラダ。自分の夕食用にトマトリゾットを注文した。

次は衣装の選択だ。

大胆なスリットが入った、赤いイブニングドレスを選ぶ。

香水は、甘い香りのプワゾンが良いだろう。

やって来たルームサービスを受け取り、軽く夕食を済ませ、必要なものは冷蔵庫へ入れておく。

キャンドルと小ぶりな花瓶でテーブルの上を飾り、ワインとワイングラスを配置する。

メイクを直し、ドレスに着替え、濃い目のアイラインを引く。

香水をつけ、ベッドのリネンにも軽く香水を振る。

そうしている間に、アダンから連絡が入った。

『エレイン、あと十分ほどで着くんだが、いいかな?』

「ええ、待っているわ」

アダンに部屋番号を告げて電話を切り、隣室のドアをノックして、ローリーを呼ぶ。

「客は十分後に到着するわ。これが私の香水よ。シャワーが終わったら、これを付けて頂戴。シャワーの前後で印象が変わると困るから」

「はい、仰せの通りに」

ローリーに香水を手渡すと、エレインは全ての部屋の照明を薄暗くし、テーブルにキャビアとチーズとサラダとクラッカーを綺麗《きれい》に並べ、キャンドルに火を灯《とも》した。

暫くすると玄関から、躊躇《ためら》いがちなノックの音がする。

「いらっしゃい、マルセル」

エレインはドアを開き、だらしなく鼻の下を伸ばして立っていたアダンを部屋に招き入れた。

「おおお……凄《すご》い部屋だ。けど、随分、薄暗いんだな」

「ええ、その方がムードが出るでしょう？」

「ああ……そういうものか。その、凄く綺麗だぜ、エレイン」

「有り難う、マルセル。さあ、ソファに座って。まずは乾杯しないとね」

エレインは冷蔵庫からビールを取り、バーカウンターで栓を抜き、ビアグラスに注ぎながら、アダンのグラスに睡眠薬を混ぜた。

アダンはそわそわと窓の外を眺めていて、気付いていない様子だ。

「いい眺めよね。まずはパリの街の美しさに乾杯しましょう」

「あんたの方が美しいぜ」

「まあ。御世辞が上手なのね」

「御世辞じゃない。本当だ」

エレインはアダンの手にグラスを持たせ、自分のグラスを軽く当てて乾杯をした。

そして、わざとビールを一気に飲んだ。

それを見たアダンも、グラスを一気に空ける。

「ふうっ、美味《うま》いな」

「そうね」

エレインはアダンの手からビアグラスを取り上げ、シンクに置いた。

そして窓辺に行き、ゆっくりとカーテンを閉じた。

アダンが息を呑《の》む気配がする。

「さあ、大人の時間の始まりよ。だけど、慌てるのは禁物ね。最初はお互いの話をしながら、ムードを高め合うの」

エレインがそう言いながら、ワインを開け、二人のグラスに注ぐ。

「あ、あんたがそう言うなら……いいぜ」

二人は再び乾杯し、雑談をしながら、ワインを一本半空けた。

一時間足らずの間に、睡眠薬の効果もあってか、アダンはすっかり酔いが回った顔で、ぼんやりとした目つきになった。

いよいよエレインはアダンの手を取り、ベッドルームへ誘導した。

キャンドルに火を点《つ》け、ナイトテーブルに残りのワインを置く。

「マルセル。貴方《あなた》は服を脱いでおいてね。私はシャワーを浴びてくるわ」

「へへっ」

アダンが鼻を膨らませ、にやけ顔をする。

エレインはシャワールームに入り、ドレスを脱ぎ、バスローブを着て、自身に水がかからぬ体勢で、シャワー栓を捻《ひね》った。

すぐにローリーが裸のままシャワールームに入って来る。

（頼んだわよ）

エレインは目配せでローリーに合図をすると、そっとシャワールームを出て、ローリーのいた隣の部屋へ入った。

それから一時間が経過する頃、ローリーが部屋に戻ってきた。

「客の様子は？」

「今はぐっすり眠っています」

「疑われたりは、しなかった？」

「ええ、完璧《かんぺき》です」

「ご苦労様」

エレインはローリーから請求書を受け取り、契約完了の書類にサインした。

ローリーが軽く会釈し、書類をバッグにしまう。

「早速で悪いけれど、貴女は静かに帰って頂戴ね」

「はい」

「いい仕事ぶりだったと、チャーリーに伝えておくわ」

ローリーは「はい」と微笑み、足音も無くホテルの部屋を出て行った。

リビングに戻ったエレインは、忍び足でベッドルームの様子を窺《うかが》った。

アダンは大きな鼾《いびき》をかいて、大の字になり、ぐっすりと眠っている。

睡眠薬の効果は四時間程度だから、まだ暫くは寝ているだろう。

エレインはスーツに着替え、リビングで珈琲《コーヒー》を飲みながら、ノートパソコンを開いて時間を潰した。

午前零時。ベッドルームへ行き、アダンの肩を叩《たた》いて声を掛ける。

「マルセル、起きて。起きなさい」

「ん……何だい？」

アダンが顰《しか》め面で、片目だけを開ける。

「貴方、朝から仕事でしょう？　お城に戻らなくていいの？」

その言葉に、アダンは、パチッと両目を開けた。

「今、何時だい？」

「もう夜の十二時よ」

「いけねえ、急いで戻らないと」

アダンはベッドから起き上がり、あたふたと服を着始めた。

そして着終わると、笑顔でエレインを振り返った。

「あんた、最高だったぜ」

「有り難う。ビジネスとして、これで割り切ってね」

「ああ、分かってるよ。じゃあ、俺はこれで」

アダンは大股《おおまた》で部屋を出て行った。

エレインはほっと一息吐き、一晩だけ借りていたスイートルームを出て、エッフェル塔が見えるいつもの部屋に戻った。

そしてシャワーを浴び、ベッドで眠ったのであった。

9

翌日の午後三時、探偵のジュベールから電話がかかってきた。

『先程、受信機が音声を捉《とら》えましたよ。ターゲットの邸内に、盗聴器が仕掛けられたようです』

「全て録音しておいて下さい」

『勿論《もちろん》です。定時連絡は毎日、この時間に。他に特別な動きがあれば、お知らせします』

「お願いします」

電話を切ったエレインは薄く笑った。

やはり昨夜のような『特別な接待』の効果は覿面《てきめん》だ。とりわけ、アダンやルッジェリのような男には……。

それから四日後、ジュベールが会いたいと言ってきたので、二人は個室のあるレストランで待ち合わせた。

注文したハーブティーとマドレーヌが運ばれてきた所で、ジュベールは音声データのCDと、音声を自動でテキスト化したプリントの束をテーブルに置き、口を開いた。

「こちらが四日分のデータです。今日、お会いしたいと言ったのは、昨夜、大きな動きがあったからです。まず、こちらを見て下さい」

ジュベールはプリントの束から一枚を取り出した。

『ジュリア様、今日は毎月の恒例の日でございますね』

『そうですね。例のものの用意は出来ていますか、マクシム？』

『はい。いつも通り一万ユーロ。現金でご用意しております』

『結構。それでは、午後六時に出発します』

『畏《かしこ》まりました。運転手にそのように伝えておきます』

毎月の恒例の日とは、何だろう。エレインが疑問に思っていると、ジュベールが話を続けた。

「二人の会話から察するに、ジュリアという人物は、毎月一度、一万ユーロもの現金を何処かに運んでいるようです。

そこで私はスタッフに命じ、三台の車で、ターゲットを尾行させました。

ターゲットの車にGPSが仕掛けられていたので、追跡は容易でした。

そしてターゲットが到着したのは、渓谷沿いにあるアルジャーシェという小さな集落です。隣同士の家が数キロ離れているような、辺鄙《へんぴ》な村といった所です。

そしてターゲットは、村外れの一軒家に入って行きました」

「アルジャーシェ？　聞いたことがないわ」

そんな辺鄙で名も無き場所を、何故、ジュリアのような人物が毎月、訪ねるのだろうか。エレインは首を捻った。

「ええ。私共も知りませんでしたので、ネットで調べたり、今朝から近隣の村でそれとなく聞き込んだりした所、悪い噂がありました」

「どんな噂ですか？」

「アルジャーシェでは、行方不明になる人間が何人もいて、深夜には化け物が出るという噂があるというんです」

「化け物だなんて、馬鹿馬鹿しい」

エレインは失笑した。

「無論、私もそう思います。迷信深い田舎の村なのでしょう。ともあれ、ターゲットが入った家の中を望遠レンズで隠し撮りしたのが、こちらです」

ジュベールは十数枚の写真をエレインに渡した。

三十代の夫婦と思《おぼ》しき朴訥《ぼくとつ》とした男女が、ジュリアを家に招き入れている。赤い屋根の二階建て木造家屋だ。

ジュリアがその男女と共に、二階の部屋のテーブルに向き合って座っているのが、窓越しに見えている。

窓際にはもう一人、小柄な人物の後ろ姿が、ちらりと見えている。恐らく、少女だろう。緩やかなウエーブのある髪を肩まで伸ばしている。

ジュリアがテーブルに封筒を置き、男がそれを受け取っている。

女が少女らしき人物を抱き上げている。

「見張りの証言によれば、男は頭を下げながら、封筒を受け取っていたそうで、恐らく封筒の中身は現金だろうと」

「ええ、そうね」

「ターゲットはその後、一時間ばかりその家に滞在し、元の邸《やしき》に帰りました。その後、目立った動きはありませんでした」

「そう……」

エレインは上の空で相槌《あいづち》を打ちながら、少女と思しき人物に目を奪われていた。

正確に言えば、その人物の髪にだ。

雪のように輝くプラチナブロンド。

ジュリアの髪にそっくりだ。

（まさか……）

エレインは固唾《かたず》を呑《の》みながら、全ての写真に目を通した。

「この子どもの写真は、他にないんですか？　顔が写っているものは？」

「今のところは、まだ。すぐに陽が落ち、カーテンが閉じられましたので」

「そうですか。引き続き、この家を見張って下さい」

「はい。私もそう考え、一組のスタッフに家を見張るよう、指示していました。すると、奇妙なことが分かりました」

「奇妙なこと？」

「夜の十時を過ぎる頃、夫婦らしき男女が外に出てきたかと思うと、二人は車に乗って、二つ向こうの村へと向かい、一軒の家に入って行きました」

「子どもを連れずにですか？」

「ええ、そうなんです。そして次の朝、夫婦は再び、子どものいる家へ戻って行ったんです」

「じゃあ、その夫婦は、子どもの世話に通っているのかしら？」

「そう考えられます。夫婦の家の近所で聞き込んだ所、夫婦に子どもはおらず、二人は街で仕事をしているという話でした。

つまり、ターゲットが彼らに大金を支払い、子どもを世話させているのでしょう」

「そうね……。この家の詳しい場所を教えて貰《もら》えるかしら？」

「勿論です」

ジュベールは鞄《かばん》からファイルを取り出し、地図に赤線が記入された紙をエレインに渡した。

「この赤線は、スタッフがターゲットを追跡したルートです。家の場所はここです」

「分かったわ。有り難う」

「今日のご報告はこれまでです。今後の調査は、如何《いかが》なさいますか？」

「そうね……。ひとまずあと一週間、盗聴を続けて貰うわ。この奇妙な家の見張りも続けて貰って、子どもの顔が撮れ次第、私にデータを送って頂戴《ちょうだい》。

その後のことは、一週間後に又、話し合いましょう」

「畏まりました」

ジュベールとエレインは新たな契約書を交わし、エレインは追加料金を支払って、レストランを出た。

エレインは興奮していた。

ジュリアと同じ髪を持つ子ども。その正体を何としてでも摑《つか》まなければ。

その為には、ひとまず探偵の調査結果を待つことだ。

ジュベールからの続報は、翌日に入った。

ジュリアとマクシムが民間飛行場へ行き、ジュリアは小型機でそこを発《た》ったというのである。邸には、マクシムだけが戻ったということだ。

その後、邸には動きがないという。

子どもの家にも動きはなく、やはり通いの夫婦が朝からやって来たというが、カーテンは閉じられたままで、室内の様子は不明とのことだった。

その翌日の報告も、異常なしであった。

『如何致しましょう？　このまま調査を続けますか？　それとも……』

ジュベールの言いたいことは、すぐに分かった。

子どもの家に動きがあるとすれば、ジュリアが来る来月に違いない。その時を狙った方が、いい写真が撮れるだろう。

エレインは、邸の盗聴の継続だけを依頼した。

そしてその足で、レンタカー店に向かった。

あと一カ月など、とても待てなかった。

ひと目でいいから、あの子どもの顔が見たい。自分が見れば、ジュリアの子かどうか、分かる自信がある。

セレブの秘密に今、まさに切り込もうとしているのだと、胸が大きく高鳴っていた。

エレインはレンタカーでキャンプ用品店に行き、初心者のキャンパーが着そうな衣服と簡易テント、リュックや双眼鏡、望遠カメラ、食料品を買った。

そして一路、アルジャーシェへと向かった。

広がる草原の所々では、牛や馬が草を食《は》んでいた。

平和な光景の中を疾走し、アルジャーシェに辿《たど》り着くと、例の家の前を通り過ぎ、身を潜められそうな場所を探す。

幸い、小高い丘の上に、木立が繁る一角があった。

例の家からもほど近く、観察地点にはピッタリだ。

エレインは木陰に車を停め、地面に腰を下ろして、野鳥でも観察する振りをしながら、望遠カメラの焦点を家の二階に当てた。

幸い、二階のカーテンは開いており、女が部屋を掃除している。

暫《しばら》くすると、女が部屋を出て、今度は夫婦が揃って部屋に入って来た。

テーブルで向かい合い、話し込んでいる。

やがて日が暮れ、部屋に明かりが点《とも》った。

男が料理の載った皿を運んで来て、テーブルに並べ始める。

食事の時間となれば、子どもも姿を現す筈《はず》だ。

エレインが期待を込めてレンズを覗《のぞ》き込んでいると、女が子どもが乗った車椅子を押して部屋に入って来た。

だが、それを迎え入れた男が邪魔で、子どもの顔は見えない。

車椅子は、窓に背を向けて、テーブルの前で停まった。

食事が始まった。

談笑でもしている様子で、夫婦は子どもに話しかけて、子どもは時々、頷《うなず》いたりしている。

暫くすると、カーテンが閉じられてしまった。

（車椅子の子か……）

エレインは顔を顰《しか》めた。

彼女の考えていた計画はシンプルで、子どもなら、天気のいい日には前庭で遊んだりもするだろうから、そこに通りかかって、顔を見ようとしていた。

或《ある》いは、夫婦が帰った夜、道に迷ったキャンパーを装い、水を一杯くれとでも、少女に頼むつもりであった。相手は子どもだ。幾らでも誤魔化せるだろう。

だが、車椅子なら、どちらも難しいかも知れない。

（あの夫婦をこちらに抱き込めれば、一番いいのだけれど……）

しかし、それには夫婦の弱味を握る必要があり、そんな危険な任務は探偵に任せた方がいいに決まっている。

エレインが次の一手を考えているうち、部屋の明かりが消えた。

午後十時。夫婦が玄関から現れ、車に乗って去って行く。

エレインはカメラを置き、車に戻って夕食を食べた。

今日の収穫は、特に無かった。

しかし、なにしろ相手は一万ユーロの子どもである。

幾ら訳ありでひと目を避けているとしても、世話係ならば、その健康にも気を遣って、車椅子で庭を散歩させることだって、あるだろう。

明日こそ、そんな幸運が巡って来ればいい。

エレインはそう考えながら、シートを倒し、帽子を目深に被《かぶ》って眠りに就いた。

深夜。けたたましい犬の鳴き声で、目が覚めた。

何匹もの遠吠《とおぼ》えの声も重なってくる。

悲鳴のような人の声まで聞こえてきた。

（野犬？　人が襲われている？）

不穏な空気に、エレインは緊張した。

車のヘッドライトを点《つ》けると、前方から、数匹の犬を連れた人影が近付いてくる。

大男だ。

ボロを着て、ボサボサの髪を伸ばしている。顔には真っ白なマスクを着けている。

明らかにおかしい。危険だ。

エレインの背筋は凍り付き、震える手でエンジンをかけようとしたが、うまくかからない。

男は大股《おおまた》で車に近付いてきたかと思うと、手にしていた斧《おの》で突然、ボンネットを叩《たた》き始めた。

よく見ると、男の全身には、返り血のようなものが付いている。

鎖に繋《つな》がれた獰猛《どうもう》そうな黒い犬が、その周囲で吠《ほ》え立てている。

次に男が振りかぶった斧は、フロントガラスに叩き付けられた。
ガラスにヒビが入った。
(駄目だ！　やられる！)
エレインはドアを開け、脱兎《だっと》の如く走り出した。
フロントガラスが砕ける音が、背後から響いてくる。

『アルジャーシェでは、行方不明になる人間が何人もいて、深夜には化け物が出るという噂があるというんです』

ジュベールの声が脳裏に蘇《よみがえ》り、ぐるぐると回る。
何処か、安全な場所に逃げ込まないと……。
この辺りで安全な場所といえば、例の家しかない。
エレインは夢中で家の玄関まで走り、ドアを叩いた。
「助けて!!　ここを開けて!!」
ドアを叩いたり、引いたりしたが、反応はない。
その間にも、背後から犬の吠え声が迫ってくる。
他の進入口を求めて、エレインは家の背後に回り込んだ。

裏口の木戸にも、鍵《かぎ》がかかっている。

その近くにある窓を目がけ、エレインは地面の石を拾って投げつけた。

窓ガラスが割れた。

そこから手を入れ、窓のロックを外す。

開けた窓から、身を躍らせて室内に飛び込んだ。

怒った犬の鳴き声が、すぐ近くで聞こえる。

見上げると、大男の顔がそこにあり、目が合った。

ガチガチと奥歯が鳴ったかと思うと、腰が抜け、エレインは床にへたり込んだ。

何か武器になるものはないかと、慌てて見回すと、そこはキッチンだ。

エレインは床を這《は》いながら、戸棚の中から包丁を取り出した。

とても勝てる相手とは思えないが、やるしかない。

氷のように凍えた手で包丁を握りしめていると、何時の間にか、犬の声が遠ざかり始めた。

恐る恐る顔を上げ、外の様子を窺《うかが》うと、大男の姿も消えている。

諦《あきら》めてくれたのだろうか……。

そのままどれほどの時間、息を詰めていただろう。

ようやく危険が去ったと安堵《あんど》したエレインは、ふらふらと立ち上がった。

包丁の柄の指紋を拭《ぬぐ》い、棚に戻す。

そして、割った窓ガラスの始末をどうしたものかと考えた。

例えば、たちの悪いバイカーの旅行者が悪戯《いたずら》した、というのは、どうだろう。ここの家のガラスだけが割れていては不自然だから、他の何軒かの家にも偽装をして……。

それとも、あの大男の仕業ということにして……証言者を仕立てるとか……。

そこまで考えて、ハッと我に返った。

今こそ、あの子どもの顔を見る、千載一遇のチャンスではないか。

エレインは忍び足でキッチンを抜け出した。

携帯のライトで、奥へ続く廊下を照らすと、突き当たりに扉があり、ピンクのドアプレートがかかっている。

恐らく子ども部屋だ。

扉をそっと開く。

携帯のライトで照らされた部屋の中には、子どもの玩具《おもちゃ》などがあり、天蓋《てんがい》付きの大きなベッドがあった。

ベッドの側には車椅子が置かれている。

間違いない。

エレインはそっとベッドの脇へ行き、天蓋のレースを開いた。

少女が背中を向けて眠っている。
美しいプラチナブロンドの髪だ。
ジュリアによく似た顔を想像しながら、エレインは少女の顔の方へ回り込もうとした。
その瞬間だ。
少女の頭がぐるりと百八十度、回転した。
現れたのは、ピノキオのような長い鼻をした、木の人形の顔だ。
それが大きな口をパッカリと開いた。
『ケタケタケタケタ』
不気味な笑い声が辺りに響いた。
「ひっ！」
エレインは堪《たま》らず悲鳴を発し、後ずさった。
その首元に、ヒヤリと冷たいものが押し当てられる。
視線をそっと動かして見ると、鋭いナイフの刃がエレインに突きつけられていた。
身体が硬直する。
何が起こっているのか、まるで分からない。だが、今度こそ、殺される。
「こんばんは。子鼠さん」

背後から、聞き覚えのある怜悧《れいり》な声がして、プラチナブロンドの髪がエレインの肩にふんわりとかかった。

横目でそちらを窺うと、ジュリアの笑顔がすぐ側にある。

すうっと全身の血の気が引いた。

「ジュ……ジュリア様………。私をどうするおつもりですか？」

エレインのか弱い問いかけに、ジュリアは冷たく微笑んだ。

「別に、どうもしませんよ」

「一体、何故ここに……」

「それは私が、貴女《あなた》をここに招いたからです」

「ど……どういう意味ですか？」

「いえね、折角、貴女が乗り込んで来られたのだから、一寸《ちよつと》した余興を楽しんで貰《もら》っただけなんです」

「余興？　一体、いつから……」

「最初からに決まっているじゃありませんか」

「最初……？」

最初、とは何処だろう。

アダンのことも？　いや、あの探偵事務所さえも？　そもそもこの家を用意したことも？　あの不気味な大男も？

　全部がジュリアの余興だったのだろうか？

　面白半分にこんな余興を仕掛けるなんて、なんて酷《ひど》い話だろう……。

　なんて…………。

　なんて…………。

　ジュリアのナイフが、そっとエレインから離れた。

「シーモアさん、貴女は愉快な方ですねえ。アダンをたぶらかしてコールガールを抱かせるなんて、趣味がいい。どうやら貴女は、自分の身を投げうってまで、ルッジェリに尽くそうというような、ただの忠犬ではなさそうだ。

さて。そこを見込んで、貴女に話があります。

　無論、ここで起こったことをそのままルッジェリに話して貰っても、私は一向に構わない訳ですが、貴女には、もう一つの選択肢があります。私に雇われませんか？」

「わ、私に、何をお望みですか？　二重スパイをしろと？」

　精一杯のエレインの言葉に、ジュリアは、ぷっと吹き出し笑いをした。

「二重スパイだなんて、そんな無粋な。私はルッジェリのことなんて、何も探る必要がないんですからね。

　貴女はルッジェリの秘書を続けたままで、必要な時に必要なことをして頂ければいいいのです。時が来れば、私が命令します」

その冷たい言葉に、エレインは打ち震えた。

あのルッジェリに対して、探る必要もないと言い切るジュリア。

酷い余興を仕掛けたジュリア。

しかもそれを隠す気さえないジュリア。

命を奪われる恐怖にさらされたエレインの気持ちなど、考えもしないジュリア。

まさに、これこそが傲慢《ごうまん》な神。

エレインが求めていたものだ。


なんて素晴らしい、素晴らしいわ！


ジュリアの飼い犬になれば、興味の尽きない世界を垣間《かいま》見ることが出来るだろう。

「分かりました。ジュリア様。私は貴方《あなた》にお仕えします」

深々とジュリアに頭を下げたエレインは、恍惚《こうこつ》の表情で微笑んでいた。

VATICAN MIRACLE EXAMINER

迷い猫

1

平賀《ひらが》は、記念日というものに無頓着《むとんちゃく》な男である。

プライベートで何かを祝おうなどと、ほぼ言ったことがないし、下手をするとクリスマス・イヴにも平気で残業するタイプだ。

しかしロベルトは今年こそ、きちんと彼の誕生日を祝いたいと思っていた。

そこで「誕生日祝いなんて、子どもっぽくて恥ずかしい」とか、「いつもお世話になっているロベルトに、そんなことでご負担をかけたくありません」とか、「多分、その日は残業があると思います」などと言い訳する平賀をどうにか説得し、今日という日を迎えたのである。

二月三日。

平賀とロベルトは終業後、トラステヴェーレ地区へやって来た。

中世の街並みが色濃く残る下町で、通りを一本入ると、狭く不規則な石畳の小路《こみち》のあちらこちらに、小さな雑貨店や工房、ピッツェリアやトラットリア、パブなどが並んでいる。

ロベルトが選んだのは、お洒落《しゃれ》なトラットリアであった。

　席数は三十ばかりと小ぶりだが、店内に足を踏み入れた瞬間、芳香が鼻をくすぐり、清潔なオープンキッチンでは、五人ものシェフが忙しく立ち働いている。

　内装はレトロで落ち着いた雰囲気だが、小物や照明のセンスが光っている。

「いらっしゃいませ」

　スタッフが素早くやってきて、予約席に二人を案内した。

「素敵なお店ですね、ロベルト神父。このようなお店をどうやって見付けたのですか？」

「僕は料理が趣味だから、つい、あれこれ調べてしまうだけだよ。ここの料理はヘルシーで、ソムリエの趣味がいいと評判なんだ」

「へえ……」

「君の口に合うといいんだけど。今日、気に入った料理があったら、次は僕が家で作ってあげるよ」

　ロベルトの言葉に、平賀は目を瞬いた。

「魔法のようなことを仰《おつしや》いますね」

「平賀、何か食べたいものはあるかい？」

「そうですね……。やはり鶏《とり》の胸肉でしょうか」

「分かった。じゃあ、他は僕が適当に選ぼう」

ロベルトは早速、メニューから、前菜の盛り合わせ、いんげん豆のスープ、鶏肉と茄子《なす》のラタトゥイユ、ホタテのカダイフ焼、ウナギの真空調理を選び、注文した。

「あと、今日の料理に合うワインを勧めて欲しいんだ」

「畏《かしこ》まりました」

スタッフが去り、暫《しばら》くすると、ソムリエがワゴンに四本のワインを載せてやって来た。

ロベルトがその説明を聞き、いつもより高いワインを選ぶ。

すぐに二人のグラスにワインが注がれた。

「乾杯しよう。平賀、誕生日おめでとう」

「有り難うございます」

「パーチェ（平和）」

乾杯の合い言葉を言い、二人はグラスを合わせた。

そしてワインを一口飲んだロベルトは、思わず唸《うな》った。

「これは美味《うま》いね」

「そうですね」

平賀は分かっているのかいないのか、軽い調子で応じると、テーブルの中央に置かれていたグリッシーニを手に取り、ポリポリと齧《かじ》り始めた。

「平賀、そんなの食べちゃうと、他の美味《おい》しい物が入らないよ」

「ええ、そうかも知れませんが、この硬さが好きなんです」

「それは分かるけど、君って小食なんだからさ」

「ところが、そうでもないんですよ、ロベルト。私は最近、少し食事量が増えました」

「えっ、本当かい⁉」

ロベルトは思わず椅子から腰を浮かせて驚いた。

「はい。あれは二週間ばかり前でしょうか。胃の調子がとても悪く、いよいよ何も喉《のど》を通らなくなり、三日間それが続いて、手が震え出しました。スプーンでスープを掬《すく》おうとしても、口に運ぶまでに全部零《こぼ》れるといった具合になりまして。流石にこれは仕事にも支障が出ると判断して、病院へ行ったんです」

「何だって⁉　それで？　診察の結果はどうだったんだい？　前から僕が言ってたように、ピロリ菌の検査はしたのかい？」

「しました。が、ピロリ菌はいませんでした」

「……そう」

「色んな検査をして頂いて分かったことは、何処かが致命的に悪い訳ではなく、全般的に数値が悪い、ということでして、取り敢《あ》えず胃薬を処方して頂いたところ、なんと、生まれて初めて、胃薬が効いたんです。胃が痛くないというのは、快適ですね」

平賀はニコリと笑った。

「そうか、それは良かった。ひとまず良かった。まあ、言いたいことは色々あるけれど、折角の誕生日だから、小言は止めておくよ」

「はい」

二人はそれから他愛ない話をしながら、食事を進めた。

ロベルトが見るに、平賀の食事量は殆《ほとん》ど増えていなかったが、楽しそうに食事をしてくれているだけで、ロベルトは満足であった。

ふと、窓の外に目を遣《や》ると、ちらちらとした細雪《ささめゆき》が降り始めていた。

ローマに雪が降るのは珍しい。

そう言えば、数十年ぶりの寒波が到来中だと、ニュースで言っていた。

「平賀、外は寒そうだ。ホットワインでも飲んで出よう」

「ええ、賛成です。今日は本当に有り難うございました、ロベルト」

「どういたしまして。又、美味しい店を探しておくよ」

ホットワインを飲み終わり、身体も温まったところで、二人は店を後にした。

次第に強くなる風雪の中、すれ違う人々は皆、コートの襟を立て、足早に歩いていく。

若い男女が身体を寄せ合いながら、通り過ぎていく。

そんな中、やけに裾《すそ》の汚れたコートを着た少女が、路地を覗《のぞ》き込んでは立ち止まり、不安げに辺りを見回している姿があった。

「何だか様子が変ですね」

「そうだね。声をかけてみよう」

平賀とロベルトは頷《うなず》き合い、少女の近くへ歩いて行った。

「どうしたんだい、落とし物でもしたのかい？」

ロベルトが優しく語りかけると、少女は二人を見上げた。

年齢は十歳ぐらいだろうか。

顔色は青ざめ、鼻先や指先は真っ赤に染まり、大きな目から涙がこぼれ落ちそうになっている。よく見ると、頬にも小さな手にも、細かい擦り傷が沢山、出来ていた。

「ああ、神父様。助けて下さい。キャロルがいなくなってしまったの！」

「キャロルとは？」

平賀が首を傾げる。

「うちで飼ってる猫ちゃんです。でも今日、家から脱走してしまったの。パパもママも私も、ずっと探しているのに、何処にもいないの」

少女はそこまで言うと、堰《せき》を切ったように泣き出した。

「落ち着いて下さい。大丈夫ですよ。私達も猫さん探しを手伝いますから」

平賀は少女と目線を合わせるようにしゃがみこみ、少女の手を取った。

「本当に……？」

「ええ、本当です。まず、教えて下さい。お嬢さんのお名前は？」

「ジーナよ。ジーナ・サルダーリ」

「逃げた猫さんの特徴を教えて下さい。写真はありますか？」

「うん、スマホに沢山入ってるわ。サイベリアンという猫にそっくりなの」

ジーナはスマホを操作して、写真を平賀に示した。ロベルトもそれを覗き込む。

ライオンのたてがみのような豊かな毛に全身が覆われた、長毛猫だ。カッパーブラウンの毛に、濃いブラックの縞模様《しまもよう》が入っている。口元の毛は白く、瞳《ひとみ》はグリーンである。

「街中にいれば目立ちそうだな」

ロベルトが呟《つぶや》く。

「はい。それに寒さに強そうな毛並みですから、その点も不幸中の幸いです」

平賀はそう言うと、ジーナに再び訊《たず》ねた。

「猫さんの脱走は初めてですか？　それとも、時々、外に出していましたか？」

「出してません、神父様。キャロルは保護猫シェルターで生まれて、うちで引き取っ

てから も、ずっとお家《うち》の子だったの。だから今頃きっと道に迷って、お腹を空《す》かせて、寒くて怖い思いをしているわ」

ジーナは大粒の涙を流した。

「キャロルさんの大きさや体重は分かりますか？」

「大きさは、これ位。体重は六キロだとパパが言ってたわ」

ジーナが手で示した大きさは、五十センチ余りというところだ。

「大きいんですね。何歳ですか？　男の子ですか、女の子ですか？」

「四歳の女の子よ」

「避妊手術はしていますか？」

「しているわ」

「どんな性格の猫さんですか？」

「おっとりしていて、とても甘えん坊さんよ」

「成る程……」

平賀は少し考えた後、ジーナに言った。

「闇雲に街中を探すより、まずはもう一度原点に戻って、某《なにがし》かの痕跡《こんせき》やヒントを見付けるのがいいと思います。

ジーナさん、私達を貴女《あなた》のお家に案内してもらえますか？」

「ええ、神父様方。こっちよ」

ジーナは平賀とロベルトの手を握り、駆け出した。

2

十分ほどで、一行はジーナの家に辿《たど》り着いた。

蔦《つた》の絡まる石造りの二階建てで、三角屋根から煙突が突き出している。

その玄関の堅牢《けんろう》さといい、門扉のレトロな意匠といい、いかにも前世紀の富豪の邸《やしき》といった趣きだ。ゆうに築百五十年は経っているだろう。

ロベルトがそんなことを思っている間に、平賀は片手に虫眼鏡、片手に科学捜査用のALSペンライトを持ち、地面を這《は》い回るようにして、門扉付近を調べていた。

「神父様、何をしてるの？」

ジーナが目を瞬いた。

「猫さんの抜け毛や足跡が残っていないか調べています。今のところは見当たりませんね。外への出口はここだけですか？」

「はい、ここだけです」

「庭を見せて貰《もら》っても構いませんか？　石塀の隙間から脱走した可能性もあります」

「ええ、どうぞ」

庭は狭く、邸をぐるりと囲むような形であった。

平賀は邸の周囲を一周して、元の場所に戻ってきた。

「石塀に隙間のようなものはありませんでしたし、猫さんが隠れる場所もありません。ですから、脱走経路はこの門扉の可能性が高いと考えられます。

しかし、俊敏な猫さんの場合、偶々《たまたま》開いていた窓から、石塀の上にジャンプしたとか、隣家の屋根伝いに逃げた、という可能性もあり得ます。

もっと性能のいい機材による、詳しい調査が必要です」

「機材の手配は、今日は無理だろう。さて、平賀。次はどうする？」

「猫の気持ちになりましょう」

平賀の言葉に、ロベルトとジーナは顔を見合わせ、小首を傾げた。

「どういう意味なの？」

「言葉通りです。ところで、猫さんが何時《なんじ》に脱走したか、分かりますか？　最後に姿を見たのは何時《いつ》です？」

「よく分からないの。晩ご飯の時間になってもキャロルがいなくて、それで……。私は朝八時に家を出て、学校へ行ったから、最後に見たのは八時だわ」

「成る程、時間は不確定ですね」

平賀はメモ帳に証言を書き留めながら、頷いた。

「そうだね。その辺りは、ご両親の話を聞いた方が良さそうだ」

ロベルトが相槌《あいづち》を打つ。

「では、時間は不確定として、玄関もしくは窓から脱走した猫は、何処へ行こうとするでしょうか。

家猫さんの行動範囲は、実はそれほど広くありません。大きな通りを横切ったり、川を渡ったりするというケースは稀《まれ》だと言われています。警戒心の強い動物ですから、人通りや車通りが多くて混雑している場所なども、苦手です。

そうなりますと……」

平賀はスマホの地図に現在位置を表示し、二人に見せた。

「ここから北には大通りがあり、東に進めば川があります。南下し過ぎると、繁華街です。ですから西側の住宅街を含む、この範囲内に今もいる可能性が高いと考えられます」

平賀はマップの上に、歪《ゆが》んだ円のような形を指で描いた。

「およそ家から半径二百五十メートル以内というところか」

「ええ。それに、この寒さですから、暖かい場所に潜んでいる可能性が高いかと。風や雪をしのげるような、庇《ひさし》の下の室外機の横ですとか、公園の遊具の中ですとか……。

大型猫さんですから、車のボンネットに潜むのは無理でしょう。兎《と》に角、猫の気持ちになってこのエリア内を歩き、安全で暖かいと思える場所を探していきましょう。

あとは、町の猫（ガット・デル・パエーゼ）さん達の縄張りにも、注意が必要です。縄張りに入ってしまうと、追い立てられたりしますから」

「じゃあさ、平賀。この地域で活動している、猫の保護団体を探すのはどうかな。そういう人達なら、町猫の縄張りとか、隠れ家なんかに詳しいかも知れない。

それにもし、僕達がキャロルを発見できたとしても、素手で捕まえるのは難しいと思うんだ。猫はパニックになっている筈《はず》だし、見付けても捕まえられなければ意味がない。

だから団体と交渉して、捕獲器を幾つか貸して貰えればと思うんだ」

「いいですね。早速、探してみましょう」

スマホで検索を始めた二人は、直ぐに保護団体を発見した。

ロベルトが電話をかけ、交渉を始める。

再び、地面の検証を始めようと屈《かが》んだ平賀に、ジーナがキラキラした目で言った。

「神父様方って、凄《すご》いのね。私も何か手伝いたい。私は何をすればいい？」

「ああ、すみません。ジーナさんには、とても大事な仕事があります。

捕獲器の中には、キャロルさんがいつも使っていた毛布やクッションなど、匂いのついた物を入れ、好きなご飯を入れてあげると、キャロルさんがそれを見付ける可能性が高くなります。

ですから、キャロルさんがいつも使っていた毛布やクッションと、ご飯を用意して下さい」

「分かったわ！」

ジーナは元気に答えて、家の中へ入って行った。

それから三十分後。

捕獲器を積んだ保護団体の車で、ロベルトが戻って来た。

借りられた捕獲器は八個。懐中電灯が二つ。

団体スタッフのアドバイスを聞きながら、ロベルトは一つ目の捕獲器をジーナの家の庭に設置した。

ずっと家飼いしていた猫は、一日二日で意外にも家の近くに戻ってきて、うろうろしている場合が多いそうだ。

平賀とジーナも、その作業を見守っていた。

又、団体スタッフは、彼らが管理している、猫の餌場や溜《た》まり場についても、教えてくれたのだった。

「これで捕獲器の設置の要領も分かりましたし、町猫さん達の情報も分かりました。では、ロベルト。二人で手分けをして、残りを設置していきましょう」

平賀の言葉に、ロベルトが頷《うなず》いた時だ。ジーナが叫んだ。

「私も手伝う！」

「流石にもう遅い時間ですから、危険です。ジーナさんは家にいて下さい」

「君は安心して家で待っていて。キャロルを見付けたら、必ず連れて帰るから」

二人が口々に言って、ジーナの頭を撫《な》でる。

「……分かったわ。約束してね。キャロルを見付けたら、連絡を頂戴《ちょうだい》ね」

ジーナは二人と連絡先を交換し、家の中へ戻って行った。

こうして平賀とロベルトはそれぞれ二つずつの捕獲器を持ち、西と東に分かれて行動を開始したのだった。

ロベルトは懐中電灯を構え、姿勢を低くして、キャロルの気持ちを考えながら、そろそろと夜道を移動し始めた。

だが、ここかな、と思うエアコンの室外機の近くや、庇の下といった場所には、既に町猫がいて、そこを縄張りにしているようだ。

懐中電灯の明かりを浴びた猫達の目が、ギラリと光る。

注意して観察してみると、町猫というのは思っていたより多いのだな、とロベルトは思った。

イタリアでは、猫には生まれた場所で暮らす権利がある、という考えから、人間は猫を住み着いた場所から追い払ってはいけない、というルールがある。

保護活動も活発で、ローマで特に有名なのが、カエサルが暗殺された場所といわれるトッレ・アルジェンティーナ広場だ。

一九五〇年代、遺跡に住み着いていた猫達をボランティアが保護し始めたのをきっかけに、一九九四年、保護センターが作られた。

センターでは常時、二百匹を超える猫が里親を待っており、ヨーロッパ全土から問合せがあるそうだ。

又、遺跡内へは人間は立ち入り禁止だが、猫達は出入り自由であり、遺跡で暮らす権利が法律で認められている。

猫を虐待すれば、罰金刑。ショーケースに入れて販売する行為も、虐待に含まれる。

保健所に収容された猫には、マイクロチップの装着が義務づけられ、病気などによる安楽死が必要な場合を除き、殺処分が禁止されている。

それだけを聞けば、いいことのように思えるが、実際に今、懐中電灯に照らされた猫達の中には、怪我をしている子や、猫風邪と思われる子などが大勢いた。

（出来ることなら、保護して治療してやりたいが……）

そんなことを思いつつ、ロベルトは捕獲器を置く場所をひたすら探し歩いた。

夜の猫達の様子は様々で、親子なのか兄弟なのか、顔つきの似た猫同士が団子になってくっついていたり、物陰を照らすと潜んでいた猫達が、シャーッと威嚇したりする。

中にはロベルトの足元にすり寄ってきて、甘えた声を出す猫もいた。

どうにか二カ所に捕獲器を設置し、ジーナの家に戻ると、平賀が待っていた。

「どうでしたか、ロベルト？」

「一応、ここかと思う場所に捕獲器を設置してきたよ。残念だけど、キャロルらしき猫は見かけなかった」

「私も同じです。残るは、北と南方面ですね。私が南に行きます」

平賀はそう言って、二つの捕獲器を持ち、歩き去った。

ロベルトは残った一つを持ち、北へ進んだ。

五分も歩くと、大きな道路に出る。

それより手前にある、茂みや物陰を探しながら、迷いながら、ここかと思う場所に捕獲器を一つ設置した。

ほっとして時刻を確認すると、午後十一時半を過ぎている。

ロベルトがジーナの家に引き返すと、門扉の前に、平賀と夫婦らしき中年の男女が話し込んでいる姿があった。

ロベルトは三人に駆け寄った。

「ああ、ロベルト神父。首尾はどうでしたか？」

「キャロルはいなかった。捕獲器は設置してきたよ。それで、こちらのお二人は、ジーナさんの？」

ロベルトの言葉に、夫妻が頷いた。

「はい。私はジーナの父で、アベール・サルダーリ。こちらは妻のイレーネです。この度は、娘が大変無理なお願いをしたようで、申し訳ありません」

アベールは恐縮した様子で言った。

「いいえ、僕達がしたくてしていることですから、お気遣いなく」

「そういう訳にはいきませんわ。こんな雪の中をもう何時間も、キャロルを探して頂いているとお聞きしました。せめて家にあがって、身体を温めて下さい」

イレーネの言葉に、アベールも大きく頷いた。

「ロベルト、そうしましょう。お二人の証言を聞くことも必要です」

「そうだね。では、お言葉に甘えます」

「ええ、是非」

アベールは、サルダーリ家の玄関扉を開け、二人を招き入れた。

通されたリビングの床は黒い大理石、壁は重厚な紫檀《したん》で、年代物の家具がずらりと並ぶ見事な作りの部屋であった。

天井にはキリスト降臨の絵画が描かれており、右手にはレンガで出来た大きな暖炉がある。

左手には、はめ殺し窓があり、窓際に年代物の猫脚椅子と木製のキャットタワー、猫トイレなどが置かれている。

平賀とロベルトは、暖炉の前にあるソファに案内された。

アベールが暖炉に火を入れると、たちまち室内が暖まってくる。

イレーネは、リビングの一角に作られたミニキッチンに立ち、鍋《なべ》でミルクにチョコレートパウダーをゆっくり溶かしながら温め始めた。

出来上がったチョコラータ・カルダがビスケットと共に、テーブルに運ばれる。

四人は暫《しばら》く無言で、それを味わった。

「身体の芯《しん》から温まります」

平賀が言った。

「とても美味《おい》しいです」

ロベルトはそう言いながらも、紋章のようなものが描かれた壁掛けに興味を覚えていた。

「ところでアベールさん、あの壁掛けは？」

「ああ……。この家を買った時からついていた、昔のものです」

「そうですか。とても趣味のいい家ですね」

「ははは。そう言って頂けると、嬉《うれ》しいものですな。

この家は築二百年近い建物で、かつては豪商の邸宅だったそうです。私は若い頃にここを見て、一目惚《ひとめぼ》れしましてね。六年ほど前にようやく買うことができたんです」

「そうだったんですね」

イレーネが「ジーナを見てくるわ」と夫に囁《ささや》き、席を外す。

「神父様方、今日は本当に、有り難うございます」

アベールは改めて礼を言い、会釈をした。

「いいえ。キャロルさんは未《いま》だ見つかっていませんから、お礼は不要です。

今、家の近辺に八個の捕獲器を設置していますから、明朝早くに、それらをチェックして回るつもりです。

それに特徴的な外見の猫さんですから、数日中に目撃情報も集まってくると思いますし、チラシなどを作って、ご近所に配るのもいいでしょう。

家猫さんが鳥や虫を追いかけて、うっかり外に出てしまったとしても、家の近くまで戻って来る可能性は高いそうですから、数日中に、庭の捕獲器に入ってくれるかも知れません」

平賀の言葉に、アベールは疲れたような溜息《ためいき》を吐いた。

「ええ……。私達もキャロルが戻って来ると信じているのですが、あと三日以内に戻ってくるかどうかが問題でして……」

「三日以内とは？」

「どういう意味なのです？」

平賀とロベルトが口々に訊《たず》ねる。

アベールは眉間《みけん》に皺《しわ》を寄せ、黙り込んだ。

イレーネがリビングに戻ってきて、「ジーナは泣き疲れて眠ったわ」と告げる。

「そうか」

アベールは辛《つら》そうに言って、平賀とロベルトを見た。

「実は……お恥ずかしい話なのですが、この家は抵当に入っておりまして、三日後には人手に渡ってしまうのです」

「えっ」

「私は小さな会社を経営しているのですが、昨年末に経理の担当者が、会社の金を持ち逃げしたんです。よくよく調べてみると、計画的な横領でした。

その額が大きくて、会社も傾き、この家のローンも払うことが出来なくなりまして」

「そんな……」

平賀は絶句した。

「失礼ですが、おいくら程です？」

ロベルトが訊ねる。

「八十万ユーロです。とても払える額じゃありません。それで、家の引き渡し期限が三日後なんです」

アベールの言葉に頷《うなず》き、イレーネが口を開いた。

「私達はまだいいんです。人を見る目がなくて、会社経営に失敗した。その責任を取るだけのことですから。ですが、ジーナは……」

「ジーナさんは、この家から引っ越しすることをご存知なのですか？」

「いいえ、まだ伝えておりませんわ。住み慣れた家を出て、友人達ともお別れしなくてはならないなんて、なかなか言えなくて……。

そうしている間に、あんなに可愛がっていたキャロルまで失ってしまいました。せめてキャロルだけでも、一緒に居させてあげたいのですが……」

イレーネは両手で顔を覆い、啜《すす》り泣いた。

アベールが励ますように、妻の背中を撫《な》でる。

何とも重苦しい雰囲気を断ち切るように、平賀の声が響いた。

「では、何としてでも、キャロルさんを探しましょう。その為に、調査が必要です」

「調査……とは？」

アベールが訝《いぶか》しげに問い返す。

「キャロルさん脱走事件の調査です。幾つか質問させて下さい」

平賀はメモを構えた。

「まず、キャロルさんが何時に脱走したかです。最後に姿を見たのは何時ですか？」

「私は朝、会社に出掛ける前だから、八時半頃かな」

アベールが答える。

「昼頃、その暖炉の前にいるのを見ましたわ。午後一時より少し前だったと思います」

イレーネが答えた。

平賀は頷き、言葉を続けた。

「では、午後一時頃リビングにいた、までは確かですね。

イレーネさん、その時、キャロルさんは何をしていましたか？　何か異変はありませんでしたか？　これは、猫さんが脱走した動機を探る為の質問です。

例えば、体調が悪そうだったとか、嫌いな薬を飲ませたとか、掃除機の音を嫌がっていたとか、外の猫の様子を眺めていたとか。普段と違う様子はありませんでしたか？」

するとイレーネは、首を横に振った。

「キャロルに異変はなかったと思います。むしろご機嫌にしていましたわ」

「ご機嫌に？　ご機嫌だった理由に、心当たりはありますか？」

「あの……本当につまらない話なんですけれど、あの子の肉球は乾燥しがちで、冬は特に、カサついたりひび割れたり、することがあるんです。それで私はキャロルを膝《ひざ》に乗せ、肉球にクリームを塗ってマッサージをしていました。キャロルは喉《のど》を鳴らして、気持ち良さそうでした」

「その後は？」

「暫く撫でてあげた後、私が席を立つと、暖炉の前でゴロリと横になりました」

「イレーネさんはその後、どうしました？」

「私ですか？　ええと、夕食の買い物の準備の為に、キッチンへ行って、買い出しリストを作りました。

そうそう、その時、宅配便が届いたんです。それで、玄関へ行って受け取りました。

それから、車で買い物に出掛けました」

「その間、リビングの扉は閉まっていましたか？」

「いいえ。我が家の部屋の扉は、夫婦の寝室と夫の書斎を除いて、いつも少し開けておくことにしているんです。キャロルが自由に出入り出来るように」

「成る程。買い物から戻ったのは何時頃ですか？」

「確か、二時過ぎ頃かと思います」

「その時には、キャロルさんの姿はなかったのですね？」

「分かりません。わざわざ探すようなことはせず、そのまま家事などやっていました」

「次に玄関が開いたのは、何時ですか？」

「夕方四時半過ぎに、私がジーナを迎えに出て、二人で戻って来ました。その次に玄関が開いたのは、夫が帰宅した夜七時です」

「その間、誰もキャロルさんの姿を見なかったんですね？」

「ええ……。ジーナがキャロルにおやつをあげようとして、『ママ、キャロルがいないよ』と言っていたのですが、私が『いつもの隠れんぼうでしょう。ご飯の時間になれば、出てくるわ』と、流してしまいました。

実際、キャロルは人に見つからない場所によく隠れたりする癖がありましたから、そうなんだろうと思ったんです。

ですが、夫が帰宅し、夕食の時間になったのに、キャロルが出てこなくて……。これはおかしいと、三人で家中を探したのですが、本当に何処にもいず……。

それで初めて、家から脱走したことに気付いたんです」

「窓から脱走した可能性は、ありませんか？」

「それはないと思います。脱走防止の鍵《かぎ》をつけておりますし」

「そうなりますと、玄関が開いたのは、宅配便が届いた時、買い物に行った時、戻った時、ジーナさんを迎えに行った時、帰って来た時、アベールさんが帰宅した時。この六回のいずれかで、キャロルさんは脱走した。

けれど、脱走の瞬間を見た人は、誰もいない、ということですね」

「はい……」

イレーネは意気消沈した様子で答えた。

「だったら、平賀。宅配便の時が一番、怪しいんじゃないか？　荷物の受け渡しに気を取られている間に、足許《あしもと》からするりと脱走したとか。

或《あ》るいは、イレーネさんの留守中に、泥棒が入ったという可能性は、どうかな？」

ロベルトの推理に、平賀は上の空で「ええ」と答え、頭を捻《ひね》っていた。

そして突然、閃《ひらめ》いたように手を打った。

「イレーネさん。猫さんに使っていたという、肉球のマッサージクリームを見せて貰《もら》えませんか？」

3
「えっ……。あ、はい」

イレーネは戸惑いながら立ち上がり、戸棚から円形の容器を持って来た。

「こちらです」

手渡された平賀は、容器を裏返し、成分表を確認している。

残る三人は、そんな平賀を不思議そうに見詰めた。

「平賀、クリームがどうしたっていうんだい？　脱走とは関係ないだろう」

「ロベルト、この肉球クリームは人工香料不使用で、蜜蠟《みつろう》とホホバオイルだけで出来ています」

「それがどうかしたのかい？」

「大事なポイントです。イレーネさん、肉球クリームはたっぷり使ってマッサージしましたか？」

「はい」

イレーネが頷く。

「その後、リビングの床掃除をなさいましたか？」

「いえ、それどころではなくて……」

「それは良かったです。ではアベールさん、暖炉の火を消して下さい」

平賀の言葉に、アベールは顔を顰《しか》めた。

「この寒さなのに、暖炉を消すのですか？」

「はい」

平賀が元気よく答える。

「平賀、理由を説明してくれないと分からないよ」

横からロベルトが言った。

「理由ですか？　この家の室温を、十度以下にしたいからです」

平賀の答えに、夫妻はまだ不審そうにしている。

ロベルトにも平賀の意図は分からなかったが、彼が考えもなく発言する訳がない。

そこでロベルトは、夫妻を説得する為、こう言った。

「すみませんが、彼の言う通りにして頂けませんか。それでキャロルの手掛かりが摑《つか》めるかも知れません。こういう時、平賀は本当に頼りになるんです」

真摯《しんし》なロベルトの呼び掛けに、夫妻は頷《うなず》き、暖炉の火を消し始めた。

真っ赤に燃えている組まれた薪《まき》を火かき棒で平らに広げ、シャベルを使って暖炉の底の灰を掬《すく》い取り、湿らせた木と共に燃える木の上に置く。何度かそれを繰り返し、最後に消火剤で残り火を消した。

すると室温はみるみる下がっていき、三十分もすると、震える程の寒さとなった。

夫妻は毛布を持って来て、平賀とロベルトに渡し、自分達も毛布にくるまった。

その間、平賀は一言も喋《しゃべ》らず、真剣な眼差《まなざ》しで床を見詰めていた。

そして遂に、平賀が口を開いた。

「思った通り、猫さんの足跡が出てきましたね」

夫妻は平賀の指差す箇所に目を凝らしたが、何も見えずに首を捻った。

ロベルトの目には、微《かす》かな白い痕跡《こんせき》が見えた。

「平賀、見やすいように、ライトでそこを照らしてくれないか」

「ああ、そうですね。アベールさん、照明を落として下さい」

暗くなった部屋で、平賀がALSペンライトで床を照らした。

すると、光の中にくっきりと猫の足跡が浮かび上がったのである。

「あっ！」

夫妻が驚きの声をあげた。

「これは、どういうことなんだい？」

ロベルトが説明を求める。

「肉球マッサージのクリームに含まれているホホバオイルは、十度以下になると、白く固まる性質があるんです」

「成る程、それで足跡が見えた訳か。その為に、君は暖炉を消してと言ったんだね」

「はい、そう説明しましたよ。では早速、この足跡を追ってみましょう」

平賀は片手に虫眼鏡、片手にALSペンライトを持ち、前屈《まえかが》みの姿勢で慎重に辺りを探し始めた。

ロベルト達もその後に続く。

猫の足跡は、リビングを一周した後、廊下に出、玄関の側まで来た。そこから折り返して、廊下を通り、一階の奥から二番目にある、物置部屋に入って行った。

物置部屋には、クリスマスツリーを始めとする季節用品や、大小様々な調度品が納められていた。左の壁には、大きな戸棚が二つ並んでいる。

「この部屋はもう調べましたが……」

「ああ。特に念入りに調べた」

夫婦が小声で言い合っている。

足跡を追っていた平賀は、戸棚の前で立ち止まった。

「足跡はこの戸棚の裏へ続いているようです」

平賀の言葉に、ロベルトは戸棚の裏を覗《のぞ》き込んだ。

猫の姿はなかったが、壁と戸棚の隙間に何かが見える。

「アベールさん、イレーネさん、この戸棚を少し動かしても構いませんか？　気になることがあるんです」

「ええ、どうぞ」

　夫妻の許可を得た二人は、戸棚から落ちてしまいそうな物を退《ど》かせ、戸棚を手前に動かした。

　すると壁から突き出すようにして、ガーゴイルにそっくりな怪物の木像が掛かっていた。像は威嚇するように翼をいからせ、牙《きば》をむき、鋭い爪で台座を摑んでいる。

「アベールさん、この像は？」

「ああ、それもこの家を買った時からついていたものです。気味が悪いので外そうとしたのですが、作り付けのようで……。仕方なく、戸棚で隠していました」

「成る程。それで戸棚の後ろに隙間があったんですね」

　ロベルトとアベールが会話している間、平賀はガーゴイル像を観察していた。

「ロベルト、見て下さい。像のあちこちに、オイルの痕《あと》があります。猫さんがじゃれて遊んでいたのでしょうか」

「平賀、僕にもよく見せて」

　ロベルトはモノクルをつけ、ペンライトを借りて、ガーゴイル像の前に立った。

　まず気になったのは、半円形を三つ重ねたような台座の形だ。しかも、中央の台座部分には、ゴート文字が刻まれており、三つの台座の間には僅《わず》かな隙間が見える。

（これは、台座が回転する仕掛けがありそうだぞ）

更に観察すると、猫の足跡は像の右目に多く見られた。

「平賀、この場所から、猫が折り返した痕跡は？」

「ありません」

「やはりそうか」

ロベルトは手袋をはめ、試しに像の右目に触れてみた。

動くような感触がする。

それをそっと押してみた。すると、目が奥に引っ込んだ。

その瞬間だ。

ガタンと音がして、壁の一部がドアのように開き、狭い踊り場と、そこから右上へと続く、急な上り階段が現れたのである。

「あっ……！」

「こんな所に、隠し扉があったとは……」

夫妻が口々に、驚きの声をあげた。ロベルトは二人を振り返って言った。

「ガーゴイルには本来、魔除《まよ》けや守護の意味があるんです。この像は、侵入者から隠し扉を守っていたんでしょう。

台座部分には金庫のダイヤル錠のように、回転する仕掛けがあると思われます。狭い所を好む猫が、棚の裏に入り込んで、この像を発見し、遊んでいるうちに、たまたま扉が開いたのだとしたら？」

「はい。きっと猫さんはこの奥です。行ってみましょう」

平賀はペンライトを翳《かざ》し、階段を上り始めた。

「神父様、私達も同行していいですか？」

イレーネの言葉に、ロベルトは大きく頷いた。

「勿論《もちろん》です。お二人がいらっしゃれば、キャロルも安心するでしょう。暗いので足許《あしもと》に気を付けて、これを使って下さい」

ロベルトは、猫の保護団体から借りている懐中電灯をイレーネに手渡した。

「有り難うございます」

夫婦は寄り添い、足許を照らしながら、平賀の後を追った。

最後にロベルトが階段を上り始めると、背後で扉がバタンと閉じた。

何かのスイッチを踏んだらしい。

一行はそろそろと階段を上っていった。

十数段目毎に踊り場があり、階段は更に上へと続いていく。

感覚的には、二階を超えるぐらいだろうか。

ロベルトはそんなことを思いながら、サルダーリ家の三角屋根を思い出していた。

恐らく、屋根裏に隠し部屋があるに違いない。

ロベルトの勘は当たっていた。

階段を上りきった先には、想像より大きな屋根裏部屋が存在していた。

暗い空間に、平賀のペンライトと、夫妻の持つ懐中電灯の明かりが交錯している。

やがて丸い明かりの中に浮かび上がったのは、アンティークな揺り椅子の上で寝そべっているキャロルの姿であった。

「キャロル！」

夫妻が同時に叫ぶと、キャロルは大きな欠伸《あくび》をして「にゃあ」と鳴いた。

家人の心配など何処吹く風といった猫の様子に、ロベルトが肩を竦《すく》める。

夫妻はそれでも嬉《うれ》しそうに、キャロルに駆け寄った。

「心配していたのよ、キャロル」

「無事で良かった」

そんな言葉をかけながら、二人は猫を撫《な》で始めた。

「良かったですね、ロベルト」

平賀がロベルトの側にやって来て、嬉しそうに言った。

「そうだね。ところで平賀、この隠し部屋のことは、気にならないか？」

「そうですね。あっ、壁に油ランプがありますよ。私が点《つ》けましょうか？」

「へえ。又、君の魔法を見せてくれるのかい？」

「違いますよ」

平賀は笑って、ポケットからライターを取り出した。

そして壁に取り付けられたランプを灯《とも》して回ったのだった。

一つ、一つと明かりが点《とも》る度、屋根裏部屋の様子が明らかになっていく。

驚くべきことに、北面の壁には、様々な絵画が飾られていた。

南面の壁には棚が取りつけられていて、指輪やネックレスなどの装飾品が、ずらりと展示されている。

西の壁の付近には、ボーンチャイナと思われる大きな陶器の壺《つぼ》や花瓶、さらには西洋のアンティークの置き物が並んでいた。

夫妻はその様子に、言葉も出ないほど驚いている。

「ここは……一体？」

振り絞るようなアベールの声に、ロベルトが応《こた》えた。

「恐らく、豪商だった元の持ち主の金庫部屋だったのでしょう。当時の主人は、キャロルが寝そべっていた揺り椅子に座り、コレクションのお宝を眺めていたんです」

「あっ、あれは何でしょう？」

平賀は装飾品が並んだ棚に、大切そうに布でくるまれた物体を見付け、その布を捲《めく》った。

中から出てきたのは、金塊《インゴット》だ。それが十本もある。

平賀はその一つを手に取り、刻印されている数字や文字を読んだ。そして、その重さを量るように、手を上下に動かした。

「本物の純金で間違いないと思います。一つ一キロ。それが十本あります」

「ということは、その金塊だけで、今の時価だと、およそ六十一万ユーロか」

二人の会話を聞いていたアベールは、腰を抜かしそうになった。

「ほ、本当ですか……」

ロベルトは「ええ」と頷《うなず》き、絵画が飾られた壁の前に立った。

モノクルをつけ、一点一点を観察する。

「絵画のコレクションも大したものです。

例えばこの絵。タッチといい、構図といい、素晴らしい作品です。サインは、クリストファーノ・アローリ。ピッティ宮殿にも飾られている、有名なマニエリスムの画家です。恐らくこの一枚だけでも、百万ユーロは堅いでしょう。

隣の絵のサインは、カルロ・チニャーニだ。フォルリ大聖堂のドームの天井画を制作した画家ですよ。こちらも大層な価格がつくでしょう。

勿論、ちゃんとした鑑定は、専門家に依頼して下さい。

それに、宝石のコレクションも、素晴らしいアンティークです。一つ一つにどれだけの価値があるか、僕には想像もできません」

「……」

あんぐりと口を開いて絶句している夫妻に、平賀が明るく声をかけた。

「安心して下さい、お二人とも。ロベルトの鑑定眼は確かなんです。

良かったですね。これらの一部でも売却すれば、横領された金額になる筈《はず》です。そうすれば、家を出ていく必要もありませんね」

平賀の言葉に、アベールはハッと我に返ったように口を開いた。

「し、しかし、私共が勝手に売ってしまっていいのでしょうか……？」

「勿論です。これらの物品は家の付属品としてついてきたのですから、買ったアベールさんに所有の権利があります。自由に売って構いませんよ」

ロベルトが答えた。

「それが本当なら、凄《すご》いことだ。これは奇跡だ！　信じられない！」

「ただ、絵画や宝石などを素人が売りに行きますと、足許を見られることがあります。

売買の難しそうなものもありますから、宜《よろ》しければ、僕が親しくしているサザビーズのメンバーをご紹介しましょうか？」

ロベルトの言葉に、目を丸くしたのは平賀だった。

「サザビーズといえば、美術品のオークションを執り行う会社ですよね。ロベルト、貴方《あなた》は顔の広い人だとは思っていましたが、そんな所にお知り合いがいたとは、驚きです」

「古書の価値の判定やサインの真贋《しんがん》鑑定なんかを、時々頼まれることがあるんだよ」

二人の会話を聞いたアベールは、何度も首を縦に振った。

「ええ、ええ。そういうことなら、是非、お願いします」

「分かりました」

ロベルトがサザビーズのメンバーに電話をかけ、目の前にある品々について伝えると、相手は強い興味を持った様子であった。

ロベルトはメンバーの連絡先をメモに書き、アベールに手渡した。

「アベールさん。先方は、明日にでも早速、鑑定と買い取りを実施したいと言っています。取引は即金でと、僕からお願いしておきました。

ただし、何も全てを売る必要はありませんよ。手元に置きたいものは置いておけばいいんです」

「は、はい……。しかし、私には美術品の価値など分かりませんし、サザビーズが相手だなんて、とても緊張します。私なんかに上手《うま》く対応出来るでしょうか」

アベールは不安げに言った。

「もし、午後七時以降で宜しければ、僕も鑑定に立ち会いましょうか？」

「有り難うございます、神父様。そうして頂けると、百人力です」

「いいえ、礼ならキャロルに言って下さい。お宝を見付けたのは彼女ですからね」

ロベルトが爽《さわ》やかに微笑むと、アベールとイレーネはキャロルを抱き上げ、二人で強く抱きしめた。

キャロルは身を捩《よじ》り、不満げにニャアと鳴いた。

一行が階段を下り、物置部屋を出ると、照明の点《つ》いた廊下にジーナが佇《たたず》んでいた。

「あのね、キャロルの声が聞こえた気がして……」

そこまで言った時、イレーネの足許にキャロルの姿を見付け、ジーナは目を見開いた。

「キャロル！」

「ニャー」

「おいで、キャロル」

床に膝《ひざ》を突き、両手を広げて言ったジーナに、キャロルが飛びかかる。

その勢いに、バランスを崩したジーナは床に倒れ、キャロルはジーナのお腹の上でゴロゴロと喉《のど》を鳴らして甘え始めた。

「良かったわね。本当に良かった……」

イレーネはその様子を見て涙ぐんだ。

「よし、こんな時間だが、今からお祝いをせねばな。皆、夕食も摂《と》っていないだろう。キャロルも腹を空《す》かせている筈だ。神父様方も、是非、ご一緒に」

アベールが提案する。

「神父様、有り難う！」

ジーナが笑顔で言った。

「本当に、この度はお礼の仕様もありません。是非、一緒にお食事を」

イレーネの誘いを丁重に断り、平賀とロベルトはサルダーリ家を後にしたのだった。

「平賀、大変な誕生日になってしまったね」

ロベルトが苦笑しながら言うと、平賀はハッと何かを思い出した顔になった。

「すみません、ロベルト。私が勝手に猫さん探しを手伝うと言ってしまって、貴方を巻き込んでしまいました」

「とんでもない。そういう所も君らしいよ」

「猫さん、可愛かったですね」

「そうだね、本当に」

二人はお互いの目を見て、真顔で頷き合った。

後日、一部の美術品と金塊を売ることで、サルダーリ家は経済的危機を乗り越えた。

手元に残した美術品は自分達で楽しむか、何なら小さな美術館を作ってもいいと、アベールはご機嫌である。

キャロルは以前にも増して可愛がられ、いつか本当に脱走しても迷子にならないようにと、連絡先が刻まれた金のプレート付きの首輪をつけるようになった。

平賀とロベルトのスマホには時折、ジーナから猫の写真が送られてくる。

その姿を見る度、出張の多い奇跡調査官という仕事に就いている為、猫を飼えない自分達のことが、ほんの少し切なくなる二人であった。

初出

生霊殺人事件　「カクヨム」二〇二一年二月〜十月
エレイン・シーモアの秘密の花園　「カクヨム」二〇二一年十二月〜二〇二二年五月
迷い猫　書き下ろし

バチカン奇跡調査官《きせきちょうさかん》　秘密《ひみつ》の花園《はなぞの》
藤木《ふじき》　稟《りん》

角川ホラー文庫　23339

令和4年9月25日　初版発行

発行者———堀内大示
発　行———株式会社KADOKAWA
〒102-8177　東京都千代田区富士見2-13-3
電話 0570-002-301（ナビダイヤル）
印刷所———株式会社暁印刷
製本所———本間製本株式会社
装幀者———田島照久

●お問い合わせ
https://www.kadokawa.co.jp/（「お問い合わせ」へお進みください）
※内容によっては、お答えできない場合があります。
※サポートは日本国内のみとさせていただきます。
※Japanese text only

ISBN978-4-04-111441-4　C0193

◇◇◇

角川文庫発刊に際して

角川源義

第二次世界大戦の敗北は、軍事力の敗北であった以上に、私たちの若い文化力の敗退であった。私たちの文化が戦争に対して如何に無力であり、単なるあだ花に過ぎなかったかを、私たちは身を以て体験し痛感した。西洋近代文化の摂取にとって、明治以後八十年の歳月は決して短かすぎたとは言えない。にもかかわらず、近代文化の伝統を確立し、自由な批判と柔軟な良識に富む文化層として自らを形成することに私たちは失敗して来た。そしてこれは、各層への文化の普及滲透を任務とする出版人の責任でもあった。

一九四五年以来、私たちは再び振出しに戻り、第一歩から踏み出すことを余儀なくされた。これは大きな不幸ではあるが、反面、これまでの混沌・未熟・歪曲の中にあった我が国の文化に秩序と確たる基礎を齎らすためには絶好の機会でもある。角川書店は、このような祖国の文化的危機にあたり、微力をも顧みず再建の礎石たるべき抱負と決意とをもって出発したが、ここに創立以来の念願を果すべく角川文庫を発刊する。これまで刊行されたあらゆる全集叢書文庫類の長所と短所とを検討し、古今東西の不朽の典籍を、良心的編集のもとに、廉価に、そして書架にふさわしい美本として、多くのひとびとに提供しようとする。しかし私たちは徒らに百科全書的な知識のジレッタントを作ることを目的とせず、あくまで祖国の文化に秩序と再建への道を示し、この文庫を角川書店の栄ある事業として、今後永久に継続発展せしめ、学芸と教養との殿堂として大成せんことを期したい。多くの読書子の愛情ある忠言と支持とによって、この希望と抱負とを完遂せしめられんことを願う。

一九四九年五月三日

ナキメサマ

阿泉来堂

恐ろしいほどの才能が放つ、衝撃のデビュー作。

高校時代の初恋の相手・小夜子《さよこ》のルームメイトが、突然部屋を訪ねてきた。音信不通になった小夜子を一緒に捜してほしいと言われ、倉坂尚人《くらさかなおと》は彼女の故郷、北海道・稲《いな》守《かみ》村に向かう。しかし小夜子はとある儀式の巫女に選ばれすぐには会えないと言う。村に滞在することになった尚人達は、神社を徘徊する異様な人影と遭遇。更に人間業とは思えぬほど破壊された死体が次々と発見され……。大どんでん返しの最恐ホラー、誕生！

角川ホラー文庫

ISBN 978-4-04-110880-2

ISBN 978-4-04-109132-6

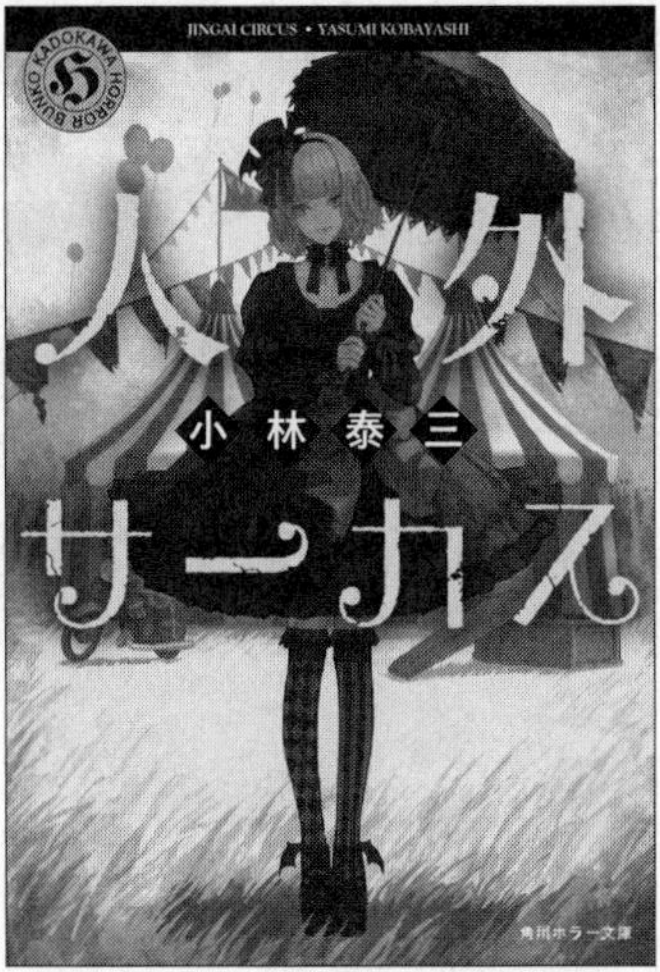

人外サーカス

小林泰三

吸血鬼vs.人間。命懸けのショーが始まる!

インクレディブルサーカス所属の手品師・蘭堂《らんどう》は、過去のトラウマを克服して大脱出マジックを成功させるべく、練習に励んでいた。だが突如、サーカス団が吸血鬼たちに襲われる。残忍で、圧倒的な身体能力と回復力を持つ彼らに団員たちは恐怖するも、クロスボウ、空中ブランコ、オートバイ、アクロバット、猛獣使いなど各々の特技を駆使して命懸けの反撃を試みる……。惨劇に隠された秘密を見抜けるか。究極のサバイバルホラー！

角川ホラー文庫

ISBN 978-4-04-110835-2